小学館文庫

生活安全課防犯係
喫茶ひまわり

伊多波 碧

小学館

目次

第一話　秋の終わりのカレーうどん

1

また殺せなかった。

今日こそ、と勇んで出かけたのに果たせなかった。

ベンチに腰を下ろし、はあ、と肩で息をつく。

二十時近い公園は外灯もまばらで薄暗い。相田郁夫（あいだいくお）は背中に担いだバックパックを下ろし、薄くなってきた髪を掻（か）きむしった。

今にも雨が落ちてきそうな寒い夜のこと、公園はしんとしている。辺りを見渡す限り、ベンチに座っている相田の他に誰もいないようだ。

暗がりでバックパックをさぐり、前ポケットに手をかけた。なるべく音を立てないよう、静かに中のものを出していると、かすかな足音が近づいてきた。

枯れ葉を踏みしめ、忍び寄ってくる気配がする。

全身が耳になったみたいにびくつき、一気に毛穴が開いた。どん、と心臓が跳ね、たちまち鼓動が速くなる。

落ち着け。

どうせあいつに決まっている。自分で自分をなだめ、ポケットの中からパウチを取り出すと、封を切るなり、あいつが後ろから飛びついてきた。

足下に目を落とすと、いつもの仔猫(こねこ)がズボンにしがみついていた。

「みい」

案の定、こいつだった。

目が合うと甘え声で鳴き、フードをせがんでくる。

寄ってきたのは生後二カ月ほどの白猫だ。母猫とはぐれたのか、ひどく痩せて薄汚れている。

パウチと一緒に持参した小皿にフードを出すと、仔猫の声が高くなった。

「待てって。すぐにやるから」

足下で騒ぐ仔猫に話しかける。手早く用意しているつもりだが、腹を空(す)かせた仔猫は桃色の鼻をひくひくさせ、早くしろと催促する。

苦笑いしつつ地面に小皿を置くと、仔猫はようやく静かになった。

公園でこの仔猫と会うのは、今日で五日目。

初めて会ったときは、昼食に食べそこねたサラダチキンを与えた。

そのときの食べっぷりがあまりに勢いが良かったものだから、次の日も同じものを与えたが、いくら人にとってヘルシーなものでも猫にとっては塩分の摂り過ぎだと、水曜日からは仔猫用のフードを持参している。

相田の足下で仔猫は無心に食べている。

丸い頭を無防備に晒し、小皿に顔を突っ込んでいる。その姿をただ眺めているだけで、頬がゆるむ。我ながら似合わない行動だと思う。会社の人間に見られたら、いったい何を言われることやら。

相田は会社の同僚たちに、イニシャルをもじってＡＩと渾名されている。

ＡＩが世に出てくる前まではメカだった。要するに、機械的で人間味に欠けると言いたいのだろう。

たとえ餌狙いだとしても、相田を見て喜ぶのはこいつくらいだ。

会社では誰も話しかけてこない。

会議に呼ばれることもなく、用事がある者はチャットを寄こすだけ。それに対し一律に〈いいね〉を返すのが、近頃は主な業務となっている。ときおり年下の上司が意見を求めてくることがあるが、それは年長者の相田の顔を立て、形式的な了承を得るため。まともに反対意見を述べたりすれば、煙たがられることは承知している。

いっそ本当にAIが業務の大半を行うようになれば、煩わしい会社の人間関係からも解放されるのだが、そんな日が来るのはいったい何年後のことやら。少なくとも、五十四の相田が定年を迎えるまでには間に合いそうにない。

公園でベンチに座った途端、こいつはすぐに姿をあらわした。草むらにでも身をひそめて、相田が来るのを待っていたのだろう。

フードを食べているときの、無防備な後頭部を眺めていると気持ちが安らぐ。咀嚼音を聞いているうちに、くたびれた体がほぐれる。そういう意味では、餌付けされているのは自分のほうかもしれない。

仔猫が空の小皿から顔を上げた。

「食べ終わったか」

満腹になると、仔猫は相田のくるぶしに頭をこすりつけてくる。

お礼のつもりなのか、お腹が満ちて高揚しているのか、いつまでも止めない。何気なく手を伸ばすと、仔猫はすかさず丸い頭を差し出してきた。撫でてやると、気持ちよさそうに喉を鳴らす。

仔猫の目がとろんとしてきた。

「おっと」

うつらうつらして、よろめいたところを両手で支えると、相田に体重を預け、安心したように目をつぶる。

「こんなところで寝るなよ」

いくら何でも油断し過ぎだ。野良猫なら、もっと警戒心を持つべきだ。四方八方を敵に囲まれているのだから。抱き上げると、仔猫は軽く温かかった。ぽこりとふくらんだ腹が、呼吸に合わせて上下している。

さて、どうしたものか。

十月も下旬に差しかかったこの時期に、寝入ってしまった仔猫を寒空の下へ置き去りにするのは憚られた。

天気予報によると、今夜は強い北風が吹くらしい。朝方にかけてこの秋一番の冷え込みになるのだとか。吹きさらしの公園に置いていけば、早晩死んでしまうことは自明だ。

家に連れ帰りたいが、妻の顔を思い浮かべると躊躇する。どうしてこんなときによけいな手間を増やすのだと、迷惑がるに違いない。

やはり置いていくか。

家で飼えなければそうするしかない。救えなかったとしてもそれが自然の摂理で、罪悪感を覚えることはないのだと、理性では承知しているつもりだ。人を殺そうとしている男が、仔猫の命を気にするとは矛盾もいいところだと自嘲してもいる。なのに、いつまでもぐずぐずと仔猫を眺めていた。小さな寝顔は見飽きることがなかった。

そこへ背後から声をかけられた。

「こんばんは」

ぎくりとして振り返ると、若い女性が笑みを浮かべていた。
三十一、二だろう。黒髪をさらりと肩の長さで揃え、かっちりとしたジャケットに細いパンツを合わせている。
顔が引きつりそうになるのを堪え、平静を保った。一見したところ、会社の秘書室にいそうなタイプだ。薄化粧ながら美人で、立ち居振る舞いに品がある。

女性は胸ポケットから黒い手帳を取り出し、提示した。

「昭嶋署の森山と言います」

虚を突かれ、すぐには返事ができなかった。

縦開きの手帳の上半分には目の前の女性が制服を着た顔写真があり、階級、氏名が記載されている。

巡査部長、森山尚美。下半分には金色のエンブレムがついている。目の前の女性と確かに同一人物のようだ。

「――警察官の方ですか」

「はい、そうです」

落ち着いた声音で返した後、おどけた調子で付け加えた。

「何だと思いました？　ひょっとして客引きとか」

「まさか」

言い当てられ、今度こそ顔が引きつった。

まさにそれを疑っていた。駅前の一角の飲み屋街で、相田も腕を引っ張られそうになったことがある。そのときは髪を明るい色に染めた若い女だったが、今は中年サラリーマン向けにこの手の清楚なタイプも出てきたのかと思っていた。

「図星ですか」

「いや……」

相田が恐縮してかぶりを振ると、尚美はふんわりとした笑顔で応じた。

「冗談ですよ。本当に警察官です。でも、この手帳は偽物ですけどね」

「えっ」

思わず声を出し、首を前に伸ばす。

まじまじと黒い手帳を眺めてもわからない。尚美は涼しい顔をして、胸ポケットからもう一つ手帳を取り出した。

「こっちが本物です。ね、そっくりでしょう」

「……ですね」

偽物の手帳と並べて提示されても、素人目(しろうとめ)には区別がつかない。

とはいえ、なぜそんなものを持っているのか。疑問が顔に浮かんだのか、尚美は説明してくれた。

「ネットでレプリカが出回っているというので、試しに買ってみたんです。市民の皆さんに注意喚起するために、自分の顔写真と名前をつけて持ち歩いているんです。近頃の技術はすごいですね。こんなものが簡単に買えるなんて、怖い世の中だわ」

感心した面持(おもも)ちで言い、尚美は偽物の手帳をしまった。

何でも簡単に買える世の中も怖いが、それを持ち歩いている警察官もどうかと思う。買うことによって偽物の手帳を作っている者へ金が渡ることは問題視しないのか。

──と、以前の相田ならば意見していたところだ。

本物の警察手帳にも、巡査部長という肩書きと氏名が記載されている。

「一目で偽物かどうか、見分ける方法を教えましょうか。覚えておくと、特技として披露できますよ」

そんな場があるかどうかは別として、知識として把握しておくのに損はない。

「色です。テレビドラマや映画では黒い手帳を使っていますけど、本物は焦げ茶色なんです」

規則で決まっているのだそうだ。

テレビの影響で警察手帳といえば黒いイメージがある。尚美に教えてもらうまで本物が茶色いとは知らなかった。ネットの業者も同様だから、黒いレプリカが出回っているのだろう。

「──なんて。簡単に信じないでくださいね。偽物なのは手帳だけと限りませんから。今わたしが言ったことも、全部嘘かもしれませんよ」

相田に顔を近づけ、真顔でささやく。

シャンプーなのか、香水か、花のような香りがする。

「職務質問されたときには、最寄りの警察署に電話して、その警察官が本物かどうか確かめてください」

「はあ」

「何なら、この場で電話します？」

多様性の時代になったものだと、妙なところで感心する。

お堅い警察といえども、今どきはいろんな職員がいるようだ。

促されるままスマホを出そうとしたら、白い毛むくじゃらの手が絡みついてきた。

仔猫が目を覚ましたらしい。

「あら、可愛い」

尚美がさっそく反応して、目を細める。

「お名前を教えていただけますか」

「ないです。野良なので」

「いえ、猫ちゃんではなくて、あなたのお名前です。ちょっとお話を伺いたいので」

不本意ながら、顔が赤らむのを覚えた。どうも話がうまく嚙み合わない。相田は咳払いをして気を取り直し、名乗った。

「相田郁夫さんですね、わかりました。でも、どうして猫ちゃんにはお名前がないんですか？」

「飼い猫ならともかく、こいつは野良ですからね。名無しです」

「そうですか。だったら、これからつけるんですね」

「つけませんよ」

相田はこの公園に仔猫を放置していくつもりなのだ。

「でも、食べものをあげていましたよね」

空になった小皿を指差し、尚美がこちらの顔を見た。

「そうですけど。たまたまですよ」

「性別はわかりますか」

「雌（めす）です」

問われるまま答えると、尚美は顔を曇らせた。

「困ったわ」

「どうして困るんです」

「雌は繁殖するので、近隣の方から署に苦情が入るんです。どうにかしてほしい、って。たぶん自分で保健所に連絡するのは気が咎（とが）めるんでしょうね。それで警察に言うんですよ。責任転嫁すれば、罪悪感を覚えずにすむから」

保健所。

野良猫を餌付けすることは、近隣の住民にとっては迷惑行為だ。

膝の上を見下ろすと、仔猫と目が合った。手を伸ばして引き寄せると、遊んでもらえると思ったのか、喜んで指に噛みついてくる。

「保護しますよ」

口走ってから、自分で自分に驚いた。

「相田さんが？　保護なさるんですか」

「そうですよ。それなら文句ないでしょう。こいつはうちへ連れて帰ります」

「ということは、一戸建てにお住まいなんですね」

「マンションですが」

「ペット飼育が許可されているマンションなんですか？」

「いや——」

相田が住んでいるのは、会社が社宅として用意している賃貸マンションだ。ペット飼育は不可で、露見したときには即刻退去と管理規則で定められている。

だが、連れて帰る。

「管理会社に連絡して、緊急避難として家に泊めるための許可を取ります。この寒空に放置するほうが動物愛護の観点で問題でしょうからね。明日にも保護団体に連絡して、しかるべき里親へ引き渡しますよ。それなら文句ないでしょう」

動物愛護法上、野良猫への餌やりは禁じられていない。自力で生きていける体力のない仔猫は、所有権者の有無にかかわらず救うべき存在だ。

「ところで、これは職務質問でしょうか。野良猫に餌をやるのは、犯罪ではないと認識しておりますが」

「はい、おっしゃる通りです。犯罪ではありません。野良猫に餌を与えるだけならば」

含みのある言い方だ。

ひょっとして公園に不審者がいると通報でもあったか。

失敬な話だが、あり得る。この町は都心に通う人たちのベッドタウンで夜が早い。犬の散歩でもジョギングでもない、背広姿の中年男が公園にいたら、いったい何をしているのかと怪しまれても仕方ない。

「わたしは不審者ではありません。近隣に住む会社員です」

片手で仔猫を抱き直し、胸ポケットから名刺入れを出した。

「頂戴します」

尚美は名刺を受け取り、相田の勤務先の名前を読み上げた。

「大手の会社にお勤めですね」

「お疑いなら、もう一枚お渡ししましょう」

普通、同じ名前の名刺を複数所有しているのは本人だけだから、勤務先本社の総合受付でもセキュリティ対策として、来訪者には本人確認のため名刺を二枚出してもらうルールになっている。

「では」

話はこれで終わった。

「待ってください、相田さん」

傍(かたわ)らを通り抜けようとすると、尚美に呼び止められた。

「よろしければ、わたしが保護しましょうか。その猫ちゃん」

意外な申し出に面食らった。近頃の警察は動物の保護活動までするのか。あるいは嘘をついていると疑われているのか。近頃は小動物を保護すると見せかけ、虐待目的で連れ去る輩(やから)もいると聞く。

それとも。

「行きましょう。すぐ近くですから」

尚美はにこやかな笑みを浮かべ、くるりと踵(きびす)を返した。

え？

呆然(ぼうぜん)とする相田をよそに、尚美は優雅な足取りで歩いていく。

「待ってください。連行されるのでしょうか」

相田が焦って抗議すると、尚美はくるりと振り返って言った。

「違いますよ。わたしの家に行くんです」

家だと。

それはそれで困るのだが。

2

公園の外に出ると、路肩に車が停(と)めてあった。

運転席には若い男が乗っている。

そうか、一人じゃないのか。だったら、最初からそう言ってくれ。汗をかきながら胸のうちでぼやく。

相田は後部座席に、尚美は助手席に座った。

いわゆるパトカーではないが、これも警察車両なのだろう。ごく普通の車のようだが、いざというときは赤色灯を屋根につけ、サイレンを鳴らせる仕組みになっているのに違いない。

「悪いけど、このまま直帰するわ」

「またですか」

男性警察官はため息をつき、バックミラー越しにちらりと相田を窺った。

二十七、八か、おそらくまだ三十には届いていないだろう。硬そうな髪を短く切り揃え、銀縁眼鏡をかけた、いかにも警察官といった生真面目そうな雰囲気を漂わせている。

こちらを見る目が厳しい気がして、今さらながら心配になる。

易々と乗って大丈夫だったろうか。そんなつもりはないが、外形的には任意同行に応じたのも同然ではないか。やはり降りよう。腰を浮かそうとした途端、車が動き出した。

この辺りは夜八時を回ると、大通りでも閑散としている。車道を走っているのは長距離トラックばかりだ。男性警察官の運転はスムーズで、ほとんど振動を感じることもなく、仔猫はおとなしく相田の腕に収まっていた。

すぐ近くと尚美が言った通り、大通りから横道に入ったところで車は停まった。尚美に促され、仔猫を抱えて降りた。ドアを閉めると、男性警察官が挨拶もなしに走り去った。元々不仲なのか、どうも尚美とは反りが合っていないようだ。

古い住宅の建ち並ぶ細い路地を歩いていく。

「ここです」

先を歩く尚美が、こちらを振り返った。

黒い壁に瓦屋根の、どっしりとした一軒家だ。近頃はあまり見かけなくなったコンクリートブロックの塀で囲われ、広い前庭を通って入っていく形になっている。

黒い鉄の門扉は開いており、中に入ると砂利（じゃり）を敷きつめた小道になっていた。その先に、ステンドガラスを嵌（は）めたドアがあり、その足下にランタンと、〈喫茶ひまわり〉と記された、ささやかな看板が置かれている。

尚美がドアを開けると、柔らかな明かりがこぼれた。

中は昔懐かしい雰囲気の喫茶店で、見たところお客の姿はないが、カウンターの奥に、エプロンをつけた年配の男性と女性がいた。この店のマスター夫妻だろう、相田と目が合うと会釈（えしゃく）してきた。

彼女の両親だろうか。

七十代とおぼしき長身マスターは、天然パーマなのかくしゃくしゃの白髪頭が印象的だ。

姿勢が良く風貌も知的で、顎にも白い鬚をたくわえていて、どことなく昔の外国小説に出てきそうな紳士だ。

片や奥さんは小柄だった。こちらも姿勢が良い。銀髪のショートカットで目が大きく、小栗鼠のような楚々とした風情を漂わせている。

「ただいま」

尚美は親しげに声をかけ、入っていく。

猫連れの身で後に続くのを躊躇していると、カウンターの奥から声が掛かった。

「遠慮せず、猫ちゃんとご一緒にどうぞ」

マスターだ。声楽家みたいな張りのある声をしている。

「おかけになってください」

カウンターの手前にある四人掛けテーブルを示された。

「今、お水を持ってきますね」

尚美がカウンターの奥へ小走りに向かった。

相田は椅子を引いて浅く腰かけた。膝の上に猫を乗せ、頭を撫でていると、尚美が水を運んできた。陶器のスープ皿のような平たい器を床に置く。

イソップ寓話の鶴じゃあるまいし、どんな嫌がらせだと訝しんでいると、仔猫が反応して、相田の膝から降りた。器の縁に鼻をつけ、ふんふん匂いを嗅いでから、桃色の舌を伸ばす。

仔猫が水を飲みはじめたのを確かめ、ふたたび尚美はカウンターへ向かった。

なるほど。仔猫の水か。嫌がらせではなかった。

それもそうかと、気を取り直す。

店の中はじんわり暖かい。辺りを見渡すと、オイルヒーターがついていた。一人娘の佐緒里が子どもの頃は、相田の家でも使っていた。誤って触れても火傷せず、空気をきれいなまま保てるオイルヒーターは、電気代の高いのがネックではあるものの、子どもや動物に優しい。

仔猫はぴちゃぴちゃと音を立てて水を飲んでいる。

これが人だと不快に感じるところ、猫だとその音まで可愛く思えるのが不思議だ。

つい目を細めている自分に気づき、咳払いした。腕時計を見るともう夜の九時近い。

そろそろ失礼しようと顔を上げたところへ、マグカップを二つ手にした尚美があらわれた。

「どうぞ」

会釈して受けとり、マグカップの縁に口をつけた。ふんわりした湯気が鼻先をくすぐる。ひと口含むと、とろりとした甘い飲み物だった。細かく刻んだ果実の皮が舌の上に残る。

「柚子茶(ゆずちゃ)です。少し生姜(しょうが)を擂(す)って入れたので、体が温まりますよ」

中年男に出すにしては少女趣味にも思えるが、空っぽの胃には優しい。果実の甘味の後に、生姜の辛さが来る。

爽やかな香りが鼻をすうっと通り、喉から胃にかけてしみじみとした味が、追いかけるように温かさが広がっていく。

飲んでみて、相田は自分の体が冷えていたことに気づいた。

日頃こうした甘いものはほとんど口にしないが、飲んでみると悪くない。体の内側から温まり、ほっとする感覚がある。水を飲み終えた仔猫が相田を見上げた。抱き上げて膝の上へ乗せてやると、途端に甘え顔をする。

「よく懐いていらっしゃいますよね。相田さんのことをすごく信頼しているんだわ」

「まだ小さいから、人見知りをしないだけですよ」

「だとしても、動物ですから本能的な警戒心は持っているのでは？」

「幼過ぎて、警戒心が芽生えていないのでしょう」

「そうかしら。生まれたばかりの赤ちゃんが寝ているときに笑うのは、自己防衛本能の一種だって説がありますよ。可愛らしい表情を見せることで、ママの保護本能をくすぐるんですって」

保護団体はどこまで面倒を見てくれるのだろう。里親が見つからない場合はどうなるのか。まさか保健所送りにするわけではなかろうな。いざ託すとなると、様々な懸念事項が浮かんでくる。

「大丈夫ですよ。ちゃんと面倒見ますから」

「しかし、警察官は激務でしょう。働きながら世話をするのは大変ではないですか」

「はい。ですから、里親を探します。きちんとお世話をしてくれる人を見つけますので、ご安心ください」

意気込みはわかった。が、具体的にどんな方法を取るのか知りたい。口で言うだけなら誰にでもできる。

「近所に動物病院があるんです。ペットホテルも併設しているので、そこに預けます」

なるほど、それはいい。

「院長先生は保護猫活動にも熱心で、よく野良猫や迷い猫を預かっていらっしゃるんです。保護団体ともお付き合いがあるようですし、里親探しにもご協力を仰ごうと思って」

念のため動物病院の名を訊(き)き、スマートフォンで検索した。尚美の言葉通り、ペットホテルも併設されている。院長は七十代男性で、他に数人の若い獣医師が働いているようだ。

動物病院ならば、怪我(けが)や病気にも対応できる。

Webサイトで見る限り、ペットホテルの施設も清潔そうだ。感染リスク防止のため、預かったペットは個体ごとにケージへ入れることになっているという。狭い檻(おり)に入れられるのは可哀想(かわいそう)だが、こればかりは仕方ないかと妥協する。少なくとも、あの公園で冬を迎えるより安心だ。

相田は仔猫を尚美に差し出した。ペットホテルの宿泊代はこちらで負担すると申し出たが、それはいいと固辞された。預ける先の動物病院では、保護猫や保護犬に関する費用の負担を、後から里親に求めているのだそうだ。

「お手数をおかけしますが、いい里親を見つけてやってください」

あらためて尚美に礼を述べ、暇を告げる。

バックパックを担ぎ、店を出るまで仔猫のほうは見なかった。みい、と小さな声が追いかけてくるのを尻目に、相田は砂利道を踏んで路地に出た。

これで良かったのだと、胸のうちで言い聞かせる。

勢いで言ってはみたものの、保護などできない。住環境だけの問題に限らず、自分には猫を飼う資格などないのだから。

柚子茶で温まった体は、早足に歩くうちにふたたび冷えてきた。

駅へ向かう途中、コンビニに立ち寄りワンカップの酒を買った。店の外でプルトップを開け、歩きながら喉へ流し込んだ。

空になった瓶を駅のゴミ箱に捨て、駆け足で階段を上る。

上り線ホームは閑散としていた。

電光掲示板を見上げると、次の電車が来るのは十分後。ちょうど急行電車が行ってしまったばかりらしい。ホームはしんと冷えている。

緊張しているせいか、酔いが回ってくる気配はなかった。昔からそうだ。気の張る会食ではいくら飲んでも酔うことがなかった。今日は昼も満足に食べなかったが空腹も感じない。強いストレスに晒されると胃の動きが悪くなるのだ。

そのおかげで中年肥りとは無縁だが、自分ではメンタルの弱さの裏返しだと思っている。やはりもう一本飲んでおくべきだったか、いやどのみち同じだ。

ふいに肩を叩かれた。

危うく叫ぶところだった。心臓が飛び出そうとはこのことだと、気を昂ぶらせつつ振り向き、はっと息を呑む。

すぐ後ろに尚美が立っていた。

「こんな時間にどちらへ行かれるんです？」

「会社に戻るんです」

跡をつけられていたとは迂闊だった。やむを得ず嘘をついたが、尚美はまるで信じていない顔をしている。

「今からですか？　もう九時を回りましたよ」

「仕事の資料を取りに行くんです」

「そうですか。でも、先程いただいた名刺の住所はこの駅のすぐ近くでした。会社へ行くのに、電車に乗る必要はないのでは？」

「資料は大手町の本社にあるもので」

「この時間にわざわざ大手町まで行かれるのですか。一時間近くかかりますよ」

「必要な資料なんです」

「そのバックパック、パソコンを持ち運びするタイプのものでしょう。本社まで足を運ばなくても、データで確認できますよね」

「――古い資料なので紙なんです」

「今から大手町へ向かっても、着く頃には十時を過ぎますよ。そんな時間にビルへ入れるんですか」

「入れますよ。まだ仕事をしている社員もいるでしょうし」

「深夜残業ですか。大きな会社なのにブラックですね」

おそらく尚美は、相田が嘘をついていると承知している。小さな矛盾をついて、ぼろを出すのを待ちかまえているのだ。答えずにいると、尚美はさらに問いを重ねてきた。

「本当は、どこに行かれるおつもりなんです」

「さっきも訊きましたけど、これは職務質問でしょうか」

「みたいなものです」

「……よくわかりませんが。いずれにせよ、任意ということですね」

「ご理解の通りです」

「それなら、何もお答えすることはありません」

相田が立ち去ろうとすると、尚美が前に立ちはだかった。

「もう一度、さっきの喫茶店にいらっしゃいませんか。猫ちゃんの里親さんについてご希望を伺いたいですし」

「結構です。後のことは一任いたしますよ」

「わたしがいい加減な奴だったらどうします？ 保護団体ではなく三味線業者に引き渡すかもしれませんよ。白い子は高く売れるんですって」

にっこり微笑みながら、そんなことを言う。

色白で楚々として見えるが、案外お腹の中は黒いのかもしれない。今日の決行は中止だ。さっさと退散しようと踵を返しかけたら、尚美の腹から、ぐう、と気の抜けた音がした。

「――カレーうどん」

今度は何だ。

黙って横目で見ると、尚美は「食べたくないですか」と言い出した。

「さっき喫茶店のマスターからスマホにメッセージが来たんです。カレーが余ったから、夜食にカレーうどんを作ってくれるって。もしよければ、ぜひ相田さんも行きませんか」

「遠慮します」

「カレーうどん、お嫌いですか？」

「いや」

どちらかといえば好きなほうだ。

「だと思いました。夜食と言えばカレーうどんですもんね」

にこやかな笑みを浮かべつつ、尚美は相田の前からどかない。

きっぱり断ろうとしたとき、ホームへ電車が滑り込んできた。

ドアが開いた。今なら乗れる。が、もはやその気はなくなってしまった。やがてドアが閉まり、電車は出ていった。

相手は初対面の若い女性で、しかも警察官だ。どんな魂胆があるか、わかったものではない。と頭では思ったのだが――、気が抜けたせいか抵抗もせず、操り人形さながらついていく。

さっき飲んだ酒が、今になって回ってきたのかもしれない。職務質問みたいなものを受けている身にも拘（かか）わらず、カレーうどんと聞いた途端、さっきまで止まっていた胃が動き出すのを感じ、猛烈な空腹を覚えた。

カレーうどんは相田の勝負飯なのだ。

3

子どもの頃、夜食といえば麺類がお決まりだった。

相田の母親は役所に勤めていた。

麺類が多かったのは手軽に作れるからだろう。

三口（みつくち）コンロの一つで麺つゆを温め、その隣で卵を茹（ゆ）で、残りの一つでは雪平（ゆきひら）鍋に水を張る。

それらを沸かしている間に葱（ねぎ）を刻み、沸騰したら鍋に乾麺を放ち、菜箸で卵をくるりとかき回し、油揚げを湯通しする。

母親はいつも急いで帰ってきた。子育てをしているからと残業を免除してもらう代わりに、仕事を持ち帰ってきていた。

忙しい母の手料理は大鍋で作れるものが中心だった。カレーにポトフ、おでん。相田が子どもの頃にはまだ珍しかった圧力鍋を使い、日持ちする料理をよく作っていた。

前の晩のカレーが残ると、大抵翌日にはカレーうどんになって出てきた。

家庭用冷蔵庫の冷凍室の性能も、今より良くなかった時代である。残ったカレーを再利用するには、麺つゆと合わせてうどんにするのが手軽だったのだろう。

茶色いカレーには、緑色の野菜を添えると彩りが鮮やかになる。

母の場合はピーマンだったが、この喫茶店ではグリーンピースを添えたものが出てきた。赤いのはトマトだ。細く切って揚げた玉葱も載っている。

隣の椅子には毛布が敷いてあり、仔猫が前肢を畳んで座っている。眠そうにしているが目は開いていた。相田が戻ってきて嬉しいのかもしれない。

奥さんが丼と水の入ったコップを二つずつ運んできて、テーブルに並べた。

たちまちカレーの匂いに鼻をくすぐられる。

「わあ、おいしそう」

尚美は歓声を上げ、さっそく両手を合わせて食べはじめた。

子ども時代の相田もそうだった。食事中に水を飲むと胃酸が薄まって、消化の力が弱まるのだと母に言い聞かされていた。

「食べないと、冷めちゃいますよ」

対角の位置に座る尚美に言われ、箸を取った。

「いただきます」

目の前に食事を出され、手をつけないほうが失礼だろう。

箸でつまみ上げた麺は太く、しっかりスープが絡んでいた。シャツを汚さないよう注意しながら啜り、「うん」と唸る。

さすがにプロの作るものだけあって、出汁が利いている。

カレーは辛過ぎず、甘過ぎず、まさに絶妙な塩梅だった。添えられていたれんげでスープを飲む。さらりとした淡泊な味だ。グリーンピースはホクホクとして、彩りではなく、ちゃんと食感のアクセントになっている。

揚げ玉葱は香ばしく、そのまま食べると甘く、スープに浸して食べるとより甘くなった。トマトがカレーに合うのも意外だった。熱いスープに沈めると、酸味がまろやかになり、口の中がさっぱりする。

全体に洒落ているが、不思議と懐かしい味がした。

特にスープだ。辛さはあるのにさっぱりとして、するすると胃に収まる。母の作るカレーうどんもこうだった。夜中に食べてももたれず、勉強の邪魔にならない。初めは遠慮がちに箸を動かしていたが、いつしか夢中で啜っていた。

——ゆっくり嚙んで食べなさいよ。

湯気の向こうに母が見えた気がした。

実家のダイニングテーブルの真向かいに座り、相田が食べるのをにこにこしながら見守っている、優しい顔が目の前に浮かぶ。

カレーうどんにピーマンを入れるのは目にいいから。人参（にんじん）のときもあった。受験勉強で遅くまで机に向かっている相田の視力が下がるのを気にして、母はβ－カロテンを多く含む野菜をよく出した。

何だよ、嫌だって言ったのに。文句を唱えつつ、味の濃いカレーうどんに入っていると、ピーマンの苦さがあまり気にならなかった。

中学時代、初めて学年トップになったときの夜食がカレーうどんだった。

以来、母はテストのたびに験（げん）を担いで、相田にカレーうどんを食べさせた。高校受験のときも、大学受験のときもそうだった。

相田は地元の国立大学を出た父に尻を叩かれて育った。高卒の母は「勉強を教えてやれなくてごめんね」と常々申し訳なさそうに言い、乏しい家計の中から塾に通わせてくれたものだ。

息子の成績が良いことを父は自慢にしていた。母も嬉しそうにしていたが、点数そのものというより、たぶん息子の頑張りが実を結んだことを喜んでいたように思う。

「ああ、おいしい」

尚美がスープを掬って飲んでいる。

「何です？」

「いや、汁を飲むんだなと思いまして。若い女性はカロリーを気にする人が多いから」

「マスターのカレーはバターが入っていないから、低カロリーなんです。だから飲んでも大丈夫」

「へえ……」

相槌を打った拍子に気がついた。

道理で懐かしい味がするわけだ。

母の作るカレーもバターが入っていない。そこが同じなのか。胃弱で牛乳が飲めず、給食で苦労していた息子のために、母はオリーブオイルとヨーグルトを使っていた。

大学生になって、有名な洋食店のカレーライスを食べたら腹を下した。レトルトも駄目だった。何が悪いのだろうと、母から電話が来たときにそれとなく作り方を訊いて、謎が解けた。

市販のルウではなく、カレー粉をオリーブオイルで炒め、ヨーグルトでコクを出すのだと教えてもらい、下宿先のアパートで真似をしたが続かなかった。材料に金も掛かるし、授業とアルバイトに忙しく、料理をする暇もなかったのだ。

帰省したときにその話をしたら、独り暮らしのアパートに、クール便でカレーのルウが届くようになった。

今の時代と異なり、働く女性が少なかった時代だ。父はほとんど家事をしなかったし、食器洗浄機も普及しておらず、お掃除ロボットもなかった。毎朝五時半に起きて家族の食事を作り、仕事を持ち帰っていた母にとって、息子の夜食作りは負担だったろうに、疲れた顔一つ見せなかった。

相田が成人式を迎える頃、母は子宮筋腫の手術を受けた。

完全看護だから帰省しなくていいと言われ、母は一人で入院した。良性疾患で、日程が試験と重なったこともあり、相田はアパートに留まった。

退院後しばらくしてから様子を見に帰ると、母は傷痕の痛む腹を庇いながら、帰省した息子のために台所へ立ち、ルウを冷凍して土産に持たせてくれた。

子宮筋腫と聞いていた病気が癌だったと知らされたのは、就職して何年か経ってからだ。母は大学生活を謳歌する息子の邪魔をすまいと、父に口止めをして本当の病名を隠した。幸いにも早期だったが、術後には再発防止のために抗癌剤治療を受け、副作用にはだいぶ苦しんだそうだと、入院のときに付き添いをした母の三つ下の叔母に聞いた。

まるで気づかなかった。

電話で聞く母の声はいつも元気だったし、帰省したときも普段通りだった。相田は夏休みや年末年始しか実家に顔を出さなかったから、母が苦しんでいる姿を見ずに済んだ。

一度だけ、冷凍のルウがいつもと違う味だったことがある。荷物が届いたことを知らせるために電話をかけ、それとなく指摘したら、「ごめんね」と母は小さな声で詫(わ)びた。後から振り返ると、副作用で苦しんでいた時期だった。次のルウはいつも通りの味に戻っていた。

おそらく、いつもと違う味だったのは体調不良だったせいだろう。抗癌剤の副作用のせいでいっとき味覚を失っていたらしいのに、悪いことを言ってしまったと、相田は己(おのれ)の無神経を悔やんだ。

台所に立つことなどできない体調なのに、無理をしてカレーを作ったのだろう。息子思いの母らしいが、そこまですることはないのだ。

何も知らない相田は大学の卒業試験で優秀な成績を残し、高い倍率を突破して第一志望の会社に入った。就職試験の前にも、母は冷凍のルウを送ってきた。透明の保存容器の蓋の上には「頑張ってね」と書いたメモと、満願成就のお守りが載っていた。

あのメモはどうしたのだったか。

大学に合格したのも、希望の会社に入れたのも、全部己の努力の成果と自惚れ、ろくに感謝もしなかったあの頃の自分を叱ってやりたい。


「相田さん――」

名を呼ばれ、我に返る。

顔を上げた拍子に、涙が頬を伝った。そのことにびっくりして箸を取り落とした。隣の椅子にいた猫がビクッとして、身を起こす。

「すみません」

慌てて拾ったものの、手が滑り、また取り落としてしまう。すっかり酔ってしまったようだ。テーブルの下へもぐると、仔猫がこちらを追いかけ椅子から降りてきた。おたおたと箸を拾う相田をきょとんとした様子で眺めている。

椅子に座り直すと、カウンターの奥にいた奥さんが、新しい箸とボックスティッシュを持ってきた。口の中で礼を述べ、さっそく使わせてもらう。

人前で涙を流すとは、悪い酔い方をしている。

勉強は得意だったから、希望の大学に入り、就職試験も無難に突破した。自分なりに、かねて目指してきた今を生きているはずなのに、このところ昔のことばかり思い出す。歳を取ったということだろう。

ティッシュで洟を擤み、水を飲んで、気を落ち着かせた。

今うどんを啜ったら噎せそうで、れんげでスープを掬った。慎重に含み、ゆっくり飲み下す。

「どこまでご存じなんです」

駅のホームまでつけてきたからには、相田の行動を把握しているということだ。つまり、何をするつもりでいたかもお見通しのわけだ。

尚美が箸を置き、にっこりと笑った。

「ストーカー程度には」

「と言うと、わたしがどこへ行くつもりだったかもご存じですね」

初めは、公園で猫に餌付けをしている不審者として、職務質問を受けたのだと思った。が、甘かった。気づいていなかったが、以前から警察に目をつけられていたのだ。

「たぶん、新宿駅に向かうのだろうと予想していました」

当たりだ。

相田は電車に乗って、まさに新宿駅へ向かうつもりでいた。一人娘の佐緒里を苦しめた、会社の上司を殺すために。

4

「わたしには娘が一人おります」

既に調べがついているだろうと思いつつ、話した。

「名は佐緒里と言うんですが――。来週の誕生日で二十四になります。去年、大学を卒業して社会人になりました。住宅販売をしている会社の事務職です」

勤務先は伏せておくことにした。言ったところで、どうせ知るまい。

残念ながら、佐緒里は出来が良いとは言えない。

幼い頃よりクラスでも中の下で、塾通いをしても成績は上がらなかった。それを引け目に感じているのか性格もおとなしい。卒業した私立大学も偏差値は低く、売り手市場ながら就職活動でも苦労した。

「モデルハウスの展示場に配属されました。簡単な事務仕事をしているだけですが、性に合っているようで張りきっていました」

しかし、佐緒里は入社二年目で会社に行けなくなった。

「メンタルをやられまして。今は休職しています」

「親御さんとしては心配ですね」

「ええ、まあ。と申しましても、近頃ではよくあることなんでしょうが」

正直な気持ちを隠し、建前を口にした。尚美はうなずき返すことなく、じっとしている。

「よくあることなら心配ない、とは言えないと思います」

独り言のようにつぶやき、まっすぐ相田の目を見る。

「わたし、中学生のときに虐(いじ)められたことがあるんですけど、いまだにそのときのことを夢に見て、泣きながら起きることがありますよ」

いきなり個人的な話をされ、どう返していいものか相田はとまどったが、尚美は構わず続けた。

「といっても、事件になるような虐めではないです。クラス全員から無視された程度で。まあ、よくある話ですよね。でも、わたしは辛(つら)かったですよ。藁(わら)人形の作り方を調べましたもん」

「はあ」

「あ、これ冗談とかじゃないです。本当に調べました。実際には作らなかったですけどね。藁が手に入らなかったので。要するに、世間で話題になるような大きな事件ではなくても、当事者にとっては大ごとだってことです。自分の娘がせっかく入った会社に行けなくなったら、辛いのは当然です。人の目を気にして、何でもない振りをする必要はないと思いますよ」

ひょっとすると、慰めてくれているつもりだろうか。

「ありがとうございます」

「いえいえ。でも、ちっともそう思っているように見えませんね」

「すみません。こういう顔なんです」

気を抜くと、また涙を見せてしまいそうで自制しているのだ。

赤ん坊にとって笑顔が自己防衛なら、相田にとっての防衛手段は無表情だ。感情を表に出さない癖をつけていれば、大抵のことはしのげる。

会社は社員のストレス耐性をよく見ている。辛いときほど余裕があるように振る舞う。ハードシップに耐えられる自分を演出するため、会社員生活で身につけたスキルだ。

この春、相田は人事異動で畑違いの部署へ回された。デスクは与えられているが仕事はほぼない。会社としては早期退職に持ち込みたいのだろうが、その手には乗らない。忙しそうにしている上司や部下のすぐ横で、日がな一日デスクに向かっている。ここで腐れば会社の思う壺だ。

ＡＩと陰口を叩かれても、平気な顔をしていられるのは訓練の賜物だ。相田が若い頃はパワハラが横行していた。無表情で身をよろい、どうにかしのいだと思った結果がこれか、とは考えないようにしている。

が、自分のことは良くても、佐緒里のことは別だ。

「娘は上司からパワハラを受けていました」

あるとき部屋の隅に佐緒里の手帳が落ちているのを、掃除に入った妻が見つけて判明した。そこには上司から受けた叱責の言葉が綴られていた。

「指導の域を大幅に超えた暴言を受けていたようです」

「ひどいですね」

尚美は眉間に皺を寄せた。

「ひょっとして、セクハラもあったんじゃないですか？」

「ありました」

中小企業にもホットラインの設置が義務づけられるようになったが、定着するのはしばらく先だろう。弱い者いじめをする者はどこにでもいる。厳罰化したとしても、そういう奴は隠れてやる。

「娘の上司は三十代なんです」

「独身ですか？」

「妻子持ちですよ」

そのことも手帳に書いてあった。妻が佐緒里の日記をスマートフォンのカメラで写し、転送してもらって読んだのだが、比喩ではなく本当に目の前が暗くなった。

「娘は上司と付き合っていたのです」

声をかけてきたのは上司だった。倉持（くらもち）という名のその男は、飴（あめ）と鞭（むち）を使い分けていた。厳しい叱責をした後に優しくして、相手の心をコントロールする。佐緒里は倉持の術中に嵌まり、深間に嵌まった。

「しばらくは関係を続けたものの、そのうち罪悪感を抱くようになって、佐緒里が別れを告げたところ、パワハラが始まったんです」

「嫌な男。顔を見てやりたくなりますね。――どんな奴でした？」

尚美は相田が見にいった前提で訊いてきた。まあ、実際その通りだが。

相田は家の購入を考えている客の振りをして、住宅展示場へ偵察に行った。妻子持ちの身で新人に手を出すくらいだから、こざっぱりとした優男だろうと想像していたが違った。佐緒里の上司の倉持はいかにも実直そうな顔をしていた。

「住宅展示場で働くのがぴったりといった感じの、マイホームパパでしたよ。小太りで、愛想が良くて」

「つまり相田さんと正反対な方ですか」

「嫌なことを言いますね」

「すみません」

尚美はちっとも悪びれず、肩をすくめた。

「しかしまあ、だから佐緒里は惹かれたんでしょう。あの子はわたしを嫌っているから。今はともかく、若い時分は仕事で忙しくて、ろくに構ってやれませんでしたし」

「親子仲が良くなかったんですね」

「はあ、まあ」

「それなのに、どうして倉持さんをつけたりしたんです？」

やはり、ついてこなければ良かった。

カレーうどんに釣られたせいだ。断って、さっさと帰るべきだった。

「わたし、見たんです」

何の話ですかと、とぼけても無駄だろう。

「相田さん、新宿駅のホームで倉持さんのすぐ後ろに立っていましたよね」

「偶然でしょう」

「三度ですよ」

尚美は指を立ててみせた。

「暇ですね。他に仕事はないんですか？」

「おかげさまで忙しくしております」

相田の厭味(いやみ)を笑顔で躱(かわ)し、尚美は泰然と主張を続けた。

「一度ならわかります。同じ路線を利用しているなら、二度目があるかもしれない。でも、三度ですから。偶然というのは無理があります。そもそも相田さんは通勤で新宿駅を通りませんし、今のお仕事の状況であれば定時に上がれるでしょう。夜九時の新宿駅のホームにいる理屈が通りません」

おっとりした口振りながら、尚美は一つずつ退路を塞(ふさ)いでいく。

「新宿駅は倉持さんが乗り換えで利用している駅です。会社を定時で上がった後、時間をつぶしてから、わざわざ行くわけですよね。何のために倉持さんをつけていたんですか？」

「見ていたならわかるでしょう。ホームから突き落とすつもりだったんです」

「殺したかった、という意味でしょうか」

「そうです。何しろ、自分の娘を苦しめた憎い男ですから」

「お嬢さんとは不仲とおっしゃいましたよね」

「たとえ嫌われていようと、わたしにとって佐緒里は可愛い娘ですよ。失礼ですが、お子さんは？」

「いません」

尚美はかぶりを振った。

「ついでに言うと独身です」

「子どものいない方に親の気持ちはわかりませんよ」

「そうでしょうか。じゃあ、どうして相田さんは猫ちゃんにご飯をあげたんですか？」

相田の隣で仔猫はうたた寝していた。

「どうして、って――」

「お腹を空かせていたからですか？　猫じゃないのに、どうしてその子がお腹を空かせているとわかるんです？」

自分が噂されていると気づいたのか、相田の隣の椅子で目をつぶっていた仔猫が、身を起こした。喉の奥まで見えそうな欠伸をして、おもむろに毛繕いを始める。

「すみません。失礼なことを申しました」

「知ってます？」

相田の詫びをさらりと流して、尚美が問う。

「蟬には目が五つあるんです」

「さあ」

そんなこと考えたこともなかった。どうでもいいと思いつつ、かぶりを振る。

「顔の左右に大きなのが一つずつ、その間に小さいのが三つあるんですって。左右の目は複眼になっていて、物の形を見分ける。額の三つは単眼で、これで明るさを判別するらしいです。そうやって空を飛ぶんです。道理で、そうっと近づいても逃げられちゃうんだわ」

尚美は一人で納得したように、うんうん、とうなずいている。

小学生の頃、よく空を飛ぶ夢を見た。

大人になったら家を出て、自由になりたいとの願望のあらわれだったのかもしれない。佐緒里はどうだろう。飛び立ちたいという意志があるような娘なら、あんな男に引っかからずに済んだのか。

　相田の煩悶をよそに、尚美は蟬の話を続けている。

「一匹で空を飛ぶためには、目が五つくらい必要なんでしょうね。あちこちに敵がいるでしょうから。それに比べたら、人は平和ですね。二つの目で十分生きられるんですもの」

　この話がどこに着地するのかさっぱりわからず、相田は苛立ったが、尚美は楽しそうに喋っている。

「三度確かめるのに、ひと月かかりました」

「え？」

「尾行期間です。夜勤明けとか、非番の日じゃないと、暇なわたしも出てこられないので」

「そんなに長い間、尾行されているとはちっとも気づきませんでしたよ」

　ここひと月の記憶を辿っても、まるで憶えはなかった。

「普通ですよ。人の背中に目はついていないから」

「そういうものですかね」

「ええ。それに相田さんは相田さんで、別の人を尾行していましたし」

「いや――。憶えがありません」

軽く受け流すと、笑みを含んだ声が返ってきた。

「O・ヘンリーと同じですよ」

「はあ……」

「あれです。知ってます？　すれ違う夫婦の話。役に立たないプレゼントを贈り合う、気の毒な二人の話」

「ひょっとして、『賢者の贈りもの』ですか」

「それです。わたし、相田さんを尾行して、そっくりだと思ったんです」

どういう意味だろう。

酔いで鈍った頭で考えても、見当がつかない。

「本当は、お嬢さんが倉持さんを殺そうとしたんですよね」

伏せていた目を上げると、尚美がこちらを直視していた。

「わたし見たんです。お嬢さんが倉持さんの背中を押そうとしたところ」

伏せた目が泳ぐのがわかった。

「監視カメラにも残っているはずです。邪魔が入って、手出しできず未遂に終わったのは幸いでしたね」

うつむいたまま、膝の上で組んだ手をぐっと握る。そうやって押さえ込んでいないと、震え出しそうだ。

「電車から痴漢が逃げてきたんですよ」

偶然出くわしたのだという。

「それで、そっちを先に捕まえることにしたんです。わたしも警察官です。いくら管外であろうと緊急事態ですから仕方ないと思って。次に同じホームでお嬢さんを見かけたのは翌週でした。きっとまたあらわれると思って、張っていたら案の定でした。仕事帰りの倉持さんを追って、電車を待つ列に並んでいました。今日こそは絶対に捕まえなきゃ、と思いましたよ。お嬢さん、相当思いつめたお顔をされていましたので。でも、止めたんです。どうしてか、わかりますか?」

相田は首を傾(かし)げた。

理由はわからないが、佐緒里が任意聴取などされずに済んだのはありがたい。

「大丈夫だと思ったんです。お嬢さんには賢者がついているから」

「話についていけないのですが」

「そうですか?」

うーん、と尚美が口を尖(とが)らせた。

なぜ通じないのかと言わんばかりの面持ち(おもも)ちをしている。

「あの話、皮肉な結果に終わりますけど、何だか良い感じですよね。二人とも相手を想(おも)い合ってる」

「暗喩ではなく、普通に話してもらえませんか」

「これがわたしの普通です」

真顔で返され、相田は天を仰いだ。

「簡単な話ですよ。ちっとも気づいていないようだからばらしますけど。お嬢さん、相田さんが倉持さんを狙っていること、ご存じですよ。ホームで真っ青な顔をしているところを見ましたもん」

「嘘だ」

それはあり得ない。相田は毎回佐緒里が家にいるのを確かめた上で、ホームへ向かった。

「本当です」

相田の反論を、尚美は涼しい顔で聞いていた。

「蟬だったら見えるんですけどね。仕方ないので、家に帰ったらお嬢さんに直接確かめてください」

佐緒里が見ていた――。

信じがたかったが、尚美は自信満々だ。

「大丈夫ですよ。もうお嬢さんはあんな真似をしないと思います。お父さんが体を張って、自分を守ろうとしたところを見たんですから。ちゃんと立ち直ってくれます」

あっさりと言ってくれる。

「そんな簡単にいきますかね」

「どうでしょう。そこは頑張ってください」

相田を突き放してから、尚美はやおら箸を取った。カレーうどんの続きを食べるつもりらしい。

「職務質問はおしまいですか？」

気が落ち着いたところで訊ねた。

「ん？ 元からしてませんけど」

だったら、さんざん質問されたのは何だったのか。

「駅でも言いましたよね。これは職務質問じゃありません。みたいなものです。相棒に言わせると無駄口です」

呆気に取られる相田をよそに、尚美は鼻の頭に皺を寄せた。

「冷めちゃってる。ま、いいか。冷やしカレーうどんと思えば」

無駄口。確かにその通りだ。

相棒とは、さっき車を運転していた若い男だろう。

どうも口振りに棘(とげ)があったのはこのせいか。気持ちはわかる。仕事で組んでいる相手に、始終こんな話をされていては調子が狂うのも道理。

それは自分も同じらしい。さっきまで張り詰めていた気持ちが、今ではすっかり緩んでいる。

何をあんなに思いつめていたのか、悪い夢から覚めたみたいだ。

ぬるいうどんを啜る。出汁にコクがあるから、冷めても旨味(うまみ)を感じられる。

「実家の母は、夏になると冷やしカレーうどんを作ってくれました」

相田が言うと、尚美は目を丸くした。

「実際にあるんですねえ、冷やしカレーうどん」

「ありますよ。毎年夏になると食べてました」

「へえ。うちでは作ってもらったことなかったです。冷えたうどんなら、独り暮らしをしていたときによく作りましたけど」

「それは作ったと言いません。冷えたうどんと、冷やしうどんは別物です」

「そうですか？　似たようなものだと思うけどな。どっちも冷たいわけだし」

「違います」

「こだわりますねえ。ひょっとして、相田さんの地元の名物ですか？　冷やしうどん」

「名物ではありませんがね。うちでは年中カレーうどんを食べていたんですよ。わたしの勝負飯でした」

　この先、カレーうどんを口にする機会はないだろう。

　母は自宅で病気療養している。今度は別の癌に罹ったのだ。年齢的に手術をするのは難しい。放射線治療をしているが、どれほど効き目があることか。今すぐどうこうということはないものの、たまには見舞いに来たらどうかと、叔母に叱られている。

　思いきって今週末にも帰ろうか。会社にいてもすることもなし、一週間ほど有給休暇を取ってゆっくりしてきてもいい。実家で一人暮らしをしている父の様子も、本当は気になっている。

　帰りたいのに帰らないのは、父と口を利くのが億劫だからだ。会社でどんな仕事をしているのか訊かれるに決まっている。

そのときに平気な顔をしていられる自信がなかった。無神経なくせに勘だけは鋭い父は、口の重い息子の様子を見てすぐに状況を察するだろう。情けないと叱られるか。あるいは嗤（わら）われるか。いずれにせよ、不快な気持ちを味わうのがわかっているから、帰省するのを先延ばしにしてきた。

ずっと父のことが嫌いだった。

努力すれば、どんな願いも叶（かな）うと豪語する暑苦しさ。

息子がいい成績を取ると、まるで自分の手柄のように自慢する臆面のなさ。

妻が重い病で手術するといっても、自分は付き添いをせず、叔母に任せた図々（ずうずう）しさ。

そうしたすべてが、いちいち癇（かん）に障った。そのくせ父と同じように母を軽侮し、献身を当然の権利として享受してきた。そういう自分が何より疎（うと）ましい。

佐緒里は会社に行けなくなってから、部屋にこもるようになった。相田と顔を合わせないよう避けている。

結局、自分は父とそっくりなのだろう。だから娘とうまくいかない。

佐緒里なりに努力しているのに、相田は認めなかった。もっと努力できるはずだと圧をかけ、嫌いなはずの父と同じやり方で娘を心理的に支配した。

その結果がこれだ。

——ほら見ろ。お前も子に捨てられたじゃないか。

口を歪めて吐き捨てる父の顔が目に浮かぶ。

マスターの奥さんが本日二度目の柚子茶を運んできた。

「ありがとうございます。いただきます」

二杯目の柚子茶は甘く、温かく胸に染みた。

「お口に合いますか」

「はい。甘過ぎず、さっぱりしていますね」

「うちの大馬鹿茶、おいしいでしょう」

尚美が話に入ってきた。

「オオバコ……？」

「大馬鹿茶です。大きな馬鹿」

思わず耳を疑ったが、聞き間違いではなさそうだ。カウンターの奥でマスターが笑っている。隣に立つ奥さんの顔にも、口の悪い娘ですみません、と書いてある。

「ほら、見てください。庭に大きな柚子の木があるんです」

しかし、尚美はどこ吹く風と言ったふうに、窓の外を手で示した。

覗きに行くと、なるほど黄色い実がなっている木がある。

「もう樹齢五十年を軽く超える古木なんですって。といってもまだまだ元気で、毎年たくさんの実をつけてくれます。人と同じで、近頃の木は長生きになりましたよね」

と、まるで自分の手柄のように自慢する。

「柚子って、種から育てると、実がなるまで十年以上かかるんです。知ってました？」

「いえ――。桃栗三年柿八年より、柚子のほうが長いわけですか。そいつは大変だ」

何気なくつぶやくと、尚美が言った。

「柚子の大馬鹿十八年」

「え？」

「さっきの言い回しの続きです。『桃栗三年柿八年、柚子の大馬鹿十八年』。実がなるまで時間が掛かり過ぎるので、そんなふうに言うこともあるみたいです」

「それで大馬鹿茶ですか」

「失礼しちゃいますよねえ」

「どの口で言うんですか」

でも、おかげで思い出した。

昔、母に教えてもらった。たぶん小学生のときだ。

聞き流したつもりが、耳の奥に残っていたのだろう。もしかすると冬至のときに聞いたのかもしれない。

――大馬鹿っていうけど、十八年なんてあっという間よね。もっと長くてもいいくらいだわ。

実家を出てからは、季節の行事とは無縁で生きてきた。柚子と教えられたから、あれがそうかと思うものの、木になっているのを見ても、他の柑橘類と見分けがつきそうにない。

が、この香りには親しみがある。

相田にとって、柚子は身近な果物だった。

実家は狭く、季節の花を飾るような床の間もなかったが、冬至の日は決まって柚子湯に入った。もっとも、年に一度、風呂に黄色い実が浮かんでいる日をそうだと認識しているに過ぎないが。

――冬至に柚子湯につかると、風邪を引かずに冬を過ごせるからね。

と母は言っていたが、右から左へ聞き流していた。

古い言い伝えを真に受け、わざわざ柚子を買ってくるなど馬鹿らしい。そう思っていたものの、すっきりとした爽やかな香りは好きだった。

「どうして冬至に柚子湯に入るかご存じですか？」

ふと思い立ち、尚美に問いかけた。

「体が温まるからでしょう」

「それもあります。他には？」

「温めるとおいしくなるから、とか。蜜柑も焼くと甘味が増しますもんね」

相田は笑った。

「焼き蜜柑がうまいことには同意しますが、違います」

冬至は一年でもっとも日が短く夜が長い。

古い時代、冬至が怖れられていたのは想像がつく。

「邪気払いですよ」

「昔から、暗い晩には邪な奴が跋扈するんです」

「鬼だ」

「まさにそうです。鬼は腹を空かせて、闇夜に人を襲いに出てくるんです」

「ということは夜目が利くのかしら。隠れても捕まっちゃうのね」

「そうならないよう、冬至には柚子湯に入るんです。鬼は強い香りが嫌いですから、柚子のにおいを身にまとえば襲われずに済みます」

尚美と話しているうちに、若かりし頃の父の顔を思い出した。

説教を垂れるときの、眉間の皺が怖かった。教養をつけてやるからと連れていかれた能で、舞台に出てきた鬼を見たとき、父にそっくりで驚いた。

しかしその鬼に従い、学業に励んだおかげで今がある。

怠惰に流れず、勤勉に。楽しみは後回しにして、まずやるべきことを先に片付ける習慣がついたのは、父の教えによるものだ。五十四になっても、その習慣は生きている。暇ができた分、日中は税務の勉強をしている。どこかへ転職するにしても、このまま定年までいるにしても資格は邪魔にはなるまい。

十八年。高校を卒業して実家を出てからもずっと、邪気から守られてきたことに今さらながら思い至る。母のようなわかりやすい形でないにしろ、父もまた親として息子を見守っていたのだろう。

「はい。たくさん持って帰って、鬼退治してください」

帰り際、尚美が柚子を一抱え、持たせてくれた。

ずっしりと持ち重りするほどの量だ。手に提げた袋から清々しい香りが立ち上ってくるのが楽しい。

それにしても。

妙な警察官だったと、笑いが込み上げてくる。蟬だのO・ヘンリーだの。しかしあの無駄口に救われたのは確かだ。

まだ冬至には間があるが、帰ったらさっそく柚子湯にしよう。二度と佐緒里が鬼に狙われないように。

5

次の日、起きると顔が盛大にむくんでいた。

調子に乗って、カレーうどんの汁を飲み干したせいだ。こんな顔で出勤したらまた何か厭味を言われるな、いやどんな顔をしていようと言われるに違いないと、覚悟していたら案の定だった。

相棒の久住達樹(くすみたつき)は尚美の顔を見るなり、首を傾げた。

「昨夜は遅くまで頑張ったんですか？」

「朝からセクハラ？」

「違いますよ、失敬だな。遅くまで家で仕事をしたのかと思ったんです。そうやっていちいち揚げ足を取るのはパワハラですからね」

昨日、警察車両を戻しに行かせたことを根に持っているらしく、ネチネチとうるさい。夜遅くまで頑張っていたのは自分のほうだろうと、言いたかったがよしておいた。

達樹は尚美と同じ巡査部長。今は二十八で、次の異動では刑事課に行きたいと希望しているそうで、昇任試験の勉強には余念がない。

生活安全課に配属されてきたのは二年前だという。この春に異動してきた尚美の前には、四十代の男性警察官とペアを組んでいた。

その人は今、刑事課にいる。今の生活安全課で成果を上げれば、いずれ引っ張ってやると言われているらしく、達樹はそれを励みにしている。組織の人事など、どこでどうなるかわかったものでもないし、その人が人事権を握っているわけでもないのに忠実なものだ。

「はい、これ」

コートのポケットから柚子を出して渡すと、達樹は怪訝(けげん)な顔をした。

「何です」

「もうじき冬至でしょう」

「二カ月近く先ですが」

「過ぎてみればすぐよ」

「ぼく、柚子湯は苦手なんですよね。肌がチクチクして」

「軟弱ねえ。切らずに丸ごと入れるといいわよ」

「とにかくいりません。どうせシャワーしか使わないし」

お風呂に入れるのが嫌なら、お鍋の薬味にでもすればいいのに。

それも面倒なら部屋に飾っておくとか。警察官なのだから、邪気払いの香りをまとっておいて損はないが、不要だというなら仕方ない。受けとってもらえなかった柚子をコートのポケットに戻し、仕事を始めた。

尚美が勤務している昭嶋署は、多摩地域の中部に位置している。

新宿や立川、八王子に通う人たちのベッドタウンで、人口は十一万ほど。治安も良く、警視庁管下でも事件の少ないところとして知られている。

そのおかげで昨日のようなことができる。事件を起こしそうな気配をにおわせている人に近づき、話を聞いて止めさせる。達樹に言わせると、それは警察の仕事ではないそうだが、事件を未然に防げるならそれでいい。むしろ尚美はそのために警察に入ったようなものだ。

翌月のこと。

日勤の仕事が終わらず、帰りが夜になった。

署を出た途端、身を切るような風が舞い上がった。空を見上げると、月はない。分厚い雲がすっぽり光を覆い隠している。

いかにも鬼が出そうな空模様だ。

そんなことを考えながら、電車に乗って駅に向かった。

長いエスカレーターに乗り、地上へ向かう。

いた。

そんな気がしたのだ。会社帰りの相田を見かけ、早足に近づく。

相田の背後に男が張り付いていた。小太りで、歳は三十代くらい。背広姿で手に長傘を持っている。さりげない調子を装っているが、全身から不穏な空気を放っている。

エスカレーターが踊り場につき、相田が片足を前へ踏み出したのを待ち構えるように、すい、と背後の男が長傘を前に伸ばした。柄で相田の足首を引っかけようとする。

走って追いかけても間に合わない。尚美はポケットへ手を突っ込み、男めがけて柚子を投げた。命中したのを確かめ、階段へ向かって駆け出す。

周囲から悲鳴が上がる。男が後頭部を手で押さえるのと同時に、踊り場から人影が飛び出してきた。

相田は茫然とした面持ちで、踊り場からあらわれた娘を見ている。

男は舌打ちして、足下に転がった柚子を蹴った。踊り場で相田をひと睨みし、そのまま立ち去ろうとしたところに追いつき、手首を摑んで捩じり上げた。

男がひきつった顔で振り向いた拍子に、相田が尚美に気づいた。

「だから言ったじゃないですか。人は背中に目がついていないんですよ」

相田は自分がつけられていることに、ちっとも気づいていなかったらしい。尚美が倉持の腕を摑んでいるのを見て茫然としている。こういう暗い晩には邪な者が跋扈するのだと、自分で言っていたくせに。

それにしても柚子はすごい。

今朝、たまたま庭に落ちていた実を拾い、今度こそ達樹に押しつけてやろうとポケットに入れて出勤したのが、まさかここで役に立つとは。大馬鹿などと侮っては罰が当たる。

駆けつけてきた駅員に事情を話し、尚美は倉持を鉄道警察へ引っ張っていった。

相田は佐緒里に対するパワハラを会社へ通報したのだそうだ。手帳に記された記録が証拠となり、倉持は会社を馘になった。それを恨んで復讐しようと相田を付け狙っていたのだろう。彼の勤務先の傍で待ち伏せ、会社を出てきた相田の跡をつけていたらしい。

その後、倉持の件を片付けた後、尚美は駅前のショッピングモールに寄った。スーパーやレストランに映画館、郵便局も入っている大型商業施設で、いつ来ても人で賑わっている。

まずはドラッグストアに寄って、シャンプーや基礎化粧品を買う。こういうものは時間のあるときに買っておき、なるべくストックしておく。そうすれば仕事で忙しい日が続いているときに、愛用している化粧水がなくなり、肌も気分も荒れることがない。

ドラッグストアには制服姿の女子高校生の姿もちらほら見られた。

制服姿の女子高校生と、シャツにジーンズ姿の同じ年頃の女の子が、二人で仲良くリップグロスを試している。制服と私服で通っている学校は別々なのだろうが、楽しげに顔を寄せて話している。

女子高校生が着ている制服は、尚美が仲良くしていた友人が進学を希望していた学校のものだった。チェックの短いプリーツスカートと、胸元で結ぶ臙脂色のリボンが可愛いと、女子の間で人気が高かった。

もう十五年以上前の話だが、今も制服は当時と同じだ。ドラッグストアも前からあり、尚美も部活帰りに友人と連れ立ち、あんなふうに化粧品を試したものだ。


かつて尚美は家族四人でこの町に住んでいた。

父は立川の会社へ通うサラリーマンで、母は専業主婦。三つ上の兄の尚久と妹の尚美で四LDKの一戸建てに暮らしていた。

どこにでもあるような、普通の家族だった。

尚美は地元の公立中学校に通い、軟式テニス部に所属していた。ペアを組んでいたのが、プリーツスカートの私立高校に行きたがっていた友人だ。ボレーが得意な友人が前衛、足が速い尚美は後衛をつとめていた。

もう十五年以上も顔を合わせていない。

尚美が中学二年生のとき、家族で引っ越した。友人が今もこの町に暮らしているかどうかも知らない。その他のクラスメイトや部活の仲間たちにも一切の連絡を取っていない。尚久が通っていた私立高校で問題が起きたのを機に転校し、一家で引っ越した。

警察でも、その事実を承知しているのは人事課くらいだろう。

他には、〈喫茶ひまわり〉のマスターの謙吉も知っている。

両親とは大学を卒業して以来、疎遠にしているから、謙吉が親代わりのようなものだ。知り合った当初と比べ白髪は増えたが、相変わらずダンディだ。

スマホにメッセージが来た。

――バターを買ってきてくれるか。有塩と無塩を両方。

謙吉からだ。

了解。うさぎが敬礼しているスタンプと共に返信し、尚美はドラッグストアを後にした。モールに併設されているスーパーで調達して帰ることにする。

スーパーの乳製品コーナーで、いつも謙吉が買っている、少々お高い有塩バターと無塩バターを手に取り、レジへ向かう。その途中、足が止まった。

一見のどかなスーパーマーケット。

空調の利いた店内では、近所の住人とおぼしき買い物客がのんびりと商品を選んでいる。

尚美はレジの列につき、精肉コーナーで商品を並べている店員の男を見た。グリーンのエプロンをつけ、黙々と仕事をしている。

横顔に見覚えがあった。

まさかと思ってまばたきし、もう一度見た。間違いない。

店員は大村剛史（おおむらたけし）だ。

かつて兄の事件に関わった兄の同級生がこの町にいる。

第二話　お祖母ちゃんのかぼちゃグラタン

1

桐山未生は車の後部座席にもたれながら、冷や汗をかいていた。

本当に死んじゃったかもしれない。

早く確かめようと思うのに、どうしても帰宅する気になれず、駅前のショッピングモールへ寄って用もなく書店をうろつき、スーパーマーケットで試食のウィンナーをつまんだりしたのが災いのもとだった。

寝不足で調子の悪いときに脂ものを食べたのが良くなかったのか、しばらくしたら胃がキリキリしてきて、トイレで吐いてしまった。

洗面台で口をゆすぎ、眼鏡を外して汚れた顔を洗っていると、「どうしたの」と、女の人に声をかけられた。裸眼のぼんやりした目にも綺麗(きれい)なお姉さんだ。

ジャケットに細身のパンツを穿(は)いて、肩までの黒髪は軽くひと巻きしてある。長さは同じくらいだが、首の後ろで無造作に括(くく)っている自分とは大違いだ。履いている靴もヒールつきのパンプスで、いかにも大きな会社で働いている女の人という雰囲気が漂っていた。

「ちょっと、気持ちが悪くなって……」

ぬれたままの顔が恥ずかしくて、未生は口籠(くちご)もった。

化粧をしていないのは普段からだが、水で濡(ぬ)れた前髪が額に張りついている。

顔を洗った後で、ハンカチを忘れて出かけてきたことに気づき焦っていた。いつもは前の晩にちゃんと用意しておくのに。未生は洗面台に置いたトートバッグを引き寄せ、往生際悪く中を覗いた。せめて探す振りでもしないと格好がつかない。

「どうぞ。これを使って」

お姉さんは肩にかけたショルダーバッグから、さっと白いものを出してきた。

てっきりハンカチだと思いきや、違った。

うさぎ。

手のひらに載るほどの大きさで、ぴょこんと立った耳にはレースの縁取りがついている。

「いえ、大丈夫です」

こんな可愛いもので顔を拭くのは、さすがに気が引ける。

「遠慮しないでいいのよ。濡れたままだと風邪を引くでしょう」

「でも、ちょっと……」

普通にハンカチを貸してくれたらありがたいのだけど、借りる側から言うのも図々しい気がして、手を伸ばすのをためらっていると、お姉さんはいきなりうさぎの首へ手をかけた。

「そっか。こんな形だから気を使わせちゃうのね。ちょっと待って。解体するから」

おっとりとした口調で怖いことを言い、うさぎをバラバラにする。

「はい、どうぞ。これなら気兼ねせずに使えるでしょう」

解体すると、うさぎは大きめの白いタオルハンカチになった。

「……ありがとうございます」

遠慮しつつ受け取り、濡れた顔をそっと押さえた。

眼鏡をかけ、あらためてお姉さんを見たら、やっぱり美人だった。お肌の手入れがいいのか透明感がある。ふかふかのタオルハンカチは大判で、肌触りが良く、いい香りがする。高級な柔軟剤を使っているのだろう。

もしかすると幼稚園の先生かもしれない。あるいは保育士か。

それならハンカチでうさぎを作っていても、そんなに不思議ではないかもしれない。

「あなた、顔が真っ青よ。具合がよくないのね」

「ちょっと貧血で——」

本当は立っているのもやっとだった。愛想笑いを浮かべてはいるものの、首の後ろには冷たい汗がつたっている。

「少し休んだほうがいいわよ。わたし車で来ているから、家まで送ってあげる」

「いえ……」

「それとも、うちで休んでいく？　すぐ近くだから」

断る気力もなく、親切に甘えることにした。

肩を借りながらついていったら、ショッピングモールの外に停まっていた白いセダンに乗せられた。

運転席には若い男の人が乗っている。

おそらくまだ二十代だろう。眼鏡の似合う格好いいお兄さんだ。お姉さんのほうがいくつか年上のようだけれど、交際相手だろうか。二人とも真面目そうな印象が似通っていて、お似合いに見える。

なのに、車へ乗り込むやいなや、小競り合いが始まった。

「またですか」

ミラー越しに未生を見たお兄さんが不服顔で言う。

「何よ、またって」

「また余計なお節介をする気ですか、という意味の『また』です」

てっきり付き合っている同士と思ったが、どうも違うようだ。

辛口な物言いながらも、お兄さんが敬語を使っているところからすると、仕事の先輩後輩かもしれない。しかも不仲な。乗り込んだことを後悔しつつ、せめて目障りにならないよう、頭を低くして身を縮めた。

「余計な、は余計でしょう」

「お節介については否定しないんですね」

「それはいいでしょ。困っている人を助けるのは警察官の使命だもの」

「警察官の使命は悪人を捕まえ、町の秩序を保つことだと思いますが。ぼくの見たところ、彼女を連れていくべきはあなたの家ではなく、救護室じゃないですかね。このショッピングモールにもあるでしょう」

「ちょ、ちょっと待ってください」

未生は慌てて二人の会話に口を挟んだ。今の話はさすがに聞き捨てならない。

「あの、警察の方なんですか？」

「そうよ」

さも当然といった面持ちで、お姉さんはうなずいた。

絶句している未生の前に、ジャケットの胸ポケットから警察手帳を出して示す。

「昭嶋署生活安全課の森山尚美です。こちらは同僚の久住達樹。ごめんなさいね、この人感じ悪くて。いつもこうなの」

手帳を掲げていないほうの手のひらで、助手席の男の人を示す。

「帰ります」

早口に言い、ドアに手をかけた。警察官だなんて聞いていない。

「どうして？　わたしたちが警察官だと何か困ることでもあるの？」

「……いえ」

図星なのを隠して、首を横に振る。

「じゃあ行きましょうか」

お姉さんは軽い調子で言うが、警察官とわかった以上、すぐにうんとは言えない。

「あの、わたし連行されるんですか」

最初からそのつもりで声を掛けてきたのかもしれないと、今になって思い至った。駅から歩いて十五分くらいのところに、昭嶋署があることは未生も知っている。もしや、このまま連行され、逮捕されるのかと思ったら、貧血とは違う汗が出てきた。

「何か身に覚えがあるの？」

「まさか」

「だったらいいじゃない。行きましょう」

「行くって、どこにですか」

「家よ」

「うち？」

「わたしの住んでいる家」

「えっと……、それはなぜですか……」

警察官の人の家へ連れていかれる理由も、よくわからない。

焦る未生を不思議そうに眺め、お姉さんは小首を傾げながら答えた。

「貧血を起こしているなら、横になって休んだほうがいいでしょう。温かいものでも飲んでゆっくりしていって。もう仕事も終わったから、遠慮しなくても大丈夫」

親切心から言ってくれているのはわかる。とはいえ、警察官の人の自宅へ行くのは気が重い。

下手なことを言って藪蛇になっても困る。どう断ろうかと算段しているうちに、達樹が車を発進させた。

「待ってください」

抵抗してみたものの、車はもう大通りに出ていた。道は混んでいて急には止まれそうにない。

車が大通りから細い路地に入った。未生は腰が落ち着かず、そわそわと着ているシャツの裾を引っ張った。心臓がばくばく言う音を押さえつけるように、トートバッグを胸に抱え込む。

少しだけ休ませてもらって、すぐに帰ろう。

具合が悪いのだから、よけいなことは言わなければいい。そう決めて自分を励まし、さっそく目をつぶり、病人の芝居を始めようとしたら、尚美が振り向き片手を伸ばしてきた。

「はい、太郎兵衛さん」

咄嗟に半目で愛想笑いした。

「太郎兵衛さん？」

昔話みたいな名前が出てきた。

わけがわからず首を捻（ひね）っていると、尚美が「はい」と四角い紙包みを手渡してくる。

「元気が出るわよ」

何の変哲もない紙包みだ。これが太郎兵衛さん――。

「老夫婦でもあるまいし、ちゃんとわかるように説明してください。前置きを省かれると、言われた側はびっくりするんです」

運転席から達樹の声が飛ぶ。

「太郎兵衛さんではなく、太郎兵衛本舗のお菓子でしょう」

「あ、お菓子ですか」

「わたしのお気に入りの糖分補給薬なの。貧血にも効くはず」

尚美は達樹の文句を無視して、未生の手のひらに紙包みを載せた。

ざらざらした紫色の包み紙を開くと、数センチ角の鼈甲（べっこう）色の塊（かたまり）が出てきた。薄い透明の衣にくるまれている。

「飴ですね」

「のような、ゼリーのような」

「どっちなんです」

すかさず運転席から達樹が突っ込む。

「どっちとも言い切れないのよ。食べてみたらわかるわ」

「そうですか。――って、くれないんですか」

「文句の多い人にはあげません」

「ちぇっ」

何だか申し訳なくなり、こっそり食べることにした。

指でつまむと、ぐにゃりとした弾力がある。

小さいときにお祖母ちゃんが買ってくれた、醤油飴みたいな色だが、それにしては柔らかい。感触としては飴よりゼリーに近い。

お祖母ちゃんの顔が浮かんだのを機に、憂鬱が胸に差した。

家に帰った後のことを考えると気が重い。いっそこの場で打ち明けてしまおうかという衝動にかられる。

視線を感じて顔を上げると、こちらを見つめている尚美とまともに目が合った。

「昭嶋署生活安全課の森山尚美です」

ぺこりとお辞儀をされ、面食らう。

「えっと、さっきも聞きました……よね？」

車に乗った後、すぐに自己紹介されたはずだ。意図がわからず、一瞬混乱する。

「知らない人からもらったものは食べられない、って言うかと思って」

「ああ……」

そういうことか。要するに、早く食べてみろという遠回しの催促だ。

「わたしたち、もう知らない間柄じゃないわよね。食べてみて。毒なんて入ってないから」

返事につまったのを食べてごまかす。

口に含むと、たちまちオブラートが溶けた。

見た目通り、素朴な味だ。ほんのりとした甘みが舌の上でじわじわと広がる。水飴みたいなのに、噛むといい感じに弾力がある。

「おもしろい歯応え」

「でしょう」

「グミにも似ているかも」

達樹が車を停めた。喋っているうちに、いつの間にか到着したようだ。

未生はトートバッグを肩にかけて車を降りた。

尚美の家は黒い壁に瓦屋根の、どっしりとした一軒家だった。独り暮らしということはあり得ないから、ここで両親と一緒に暮らしているのだろう。

ドアの前には、〈喫茶ひまわり〉と記された看板が見えた。芝生を敷いた庭の横にはオープンテラスがついている。

車で休ませてもらったおかげで、貧血も治まったようだ。太郎兵衛さん効果もあるかもしれない。さっきまでの冷や汗が止まり、体が楽になっている。

「わたし、やっぱり帰ります」

助手席から降りてきた尚美に言い、頭を下げた。

「おかげさまで具合も良くなりましたし」

「そう？　まだ少し顔色が悪いみたいだけど」

「平気です。ありがとうございました」

踵を返そうとしたら、尚美に呼び止められた。

「待って、桐山さん」

ぎくりとして足が止まる。

「少しお話を聞かせてもらえるかしら、桐山未生さん」

車の中で未生は自分の名を告げなかったはずだ。

「違います」

振り返らずに言い、未生は早足に立ち去った。

2

尚美は帰っていく未生の跡をつけた。

幸い体調は良くなったようで、駅の階段を上る足取りはしっかりしている。下り方面の電車に乗って二つ目で降り、駅前商店街を縫って歩くと、昔ながらの町並みがあらわれた。この界隈(かいわい)は昭和の高度成長期に分譲された住宅地で、古い家が目立つ。

未生は寄り道をする様子もなく、まっすぐ家に帰った。

年代物の木造モルタル塗りの一軒家につく頃には、辺りが薄暗くなっていた。駅から離れた住宅地なだけに街灯も少ない。

尚美は物陰に隠れ、スマートフォンを取り出した。メッセージを入力していると足音がした。顔を上げると、がっしりした体格の男が歩いてくる。尚美はすばやく送信ボタンを押した。

黒い鉄製の門扉に手をかけた未生のもとへ男が近づいた。ストライプ柄のスーツを着てアタッシェケースを提げている。声をかけられた未生の顔が曇るのが遠目にもわかった。

「お祖母さまはご在宅ですか」

男はよく通る声で言い、門扉の向こうの家を覗こうとした。

「いません」

「ほう、お出かけですか？　いつお戻りになります」

愛想笑いを浮かべてはいるが、目は笑っていない。

「知りません」

怯（おび）え顔で応えた未生が門扉を開け、すばやく中へ入った。男が続いて入っていくようなら、出ていこうと思ったがそれはなかった。男は門扉の外から未生を見下ろしている。

「また来ますので、お祖母さんに伝えておいてください。借金を返さないのは犯罪です、とね」

未生は返事をせず、自分で玄関の鍵を開けて入った。男が聞こえよがしにため息をつき、引き上げていく。

尚美は未生の家に近づいた。

郵便受けの隣に〈桐山〉と表札が出ている。

隣近所には煮炊きのにおいをさせている家もあるが、未生の家ではまだ支度を始めていないようだ。男に言った通り、祖母は出かけていて留守なのかもしれない。

敷地は二十坪ほど。塀はなく、全体に手入れされていない印象だ。生け垣は伸び放題で、玄関の前には空の植木鉢が転がっている。

狭い庭には物干し台があり、洗濯物が取り込まれずに放置されていた。

未生のものらしきシャツにタオルが数枚、それから婦人もののパジャマがぶら下がっている。女子高校生が着るとは思えない色柄で、ずいぶんくたびれている。

郵便受けを覗くと、消費者金融からの封書が入っていた。

赤字で重要と大きく印字されている。別の会社のものもある。先程の男も消費者金融の人間だろう。督促状では埒(らち)が明かず、直接訪ねてきたのだ。

「なるほどね」

家全体がどんより暗い空気に覆われていることに納得がいく。

消費者金融の世話になっているだけでなく、返済が滞っているとなれば深刻だ。

しばらく外で様子を窺っていると、庭に面した窓にぽっと明かりがついた。水音と年配女性の鼻歌が聞こえてくる。

昭和に流行った演歌だろう。機嫌良さそうに節を回している。よほど腹が据わっているのか。借金取りが訪ねてきたというのに呑気なものだ。

一曲終わると次の曲が始まる。リサイタルに付き合っていると、すぐ傍に車が停まった。

窓が開き、仏頂面の達樹が顔を出す。

「夜勤明けに引き止められるの、迷惑なんですけど」

尚美がメッセージで送った住所をもとに、警察車両で駆けつけてきたのだ。

「何の用です。今日は早く帰って試験勉強したいのに。三十までには昇進したいので」

「その助けになると思って呼んだの」

「は?」

「たぶん、これから事件が起きるわ」

車に乗り込み、ざっと達樹に話をした。

〈喫茶ひまわり〉から立ち去った高校生の跡をつけ、自宅を突き止めたこと。祖母は消費者金融に借金があり、返済が滞っていること。郵便受けには複数の督促状が届いており、消費者金融から直接人が訪ねてきたこと。

つまり、桐山家は相当切羽詰まった状況にある。

「でね、さっきの子が桐山未生さんだったの」

「ん？」

達樹が怪訝な顔をした。

「少し前に、駅前の書店で万引き事件があったでしょう。そのときの女子高校生の名前よ」

「わかってますよ。でも、補導された女子高校生とさっきの子は全然別人じゃないですか」

「補導された子が偽名を使っていたのよ。本物の桐山未生さんが、さっきの子。怪しいと思ったから、今日も跡をつけたわけ」

「……わかるように説明してもらっていいですか」

達樹はハンドルに両手を置き、こっちを向いた。

一週間ほど前のこと。

生活安全課に万引きの通報が入った。

電話をしてきたのはショッピングモール内にある書店の店主の橋本だ。

達樹と二人で駆けつけると、橋本はさっそく制服姿の女子高生を突き出してきた。

駅前のショッピングモールはこの書店に限らず万引き被害が少なくない。各店舗には防犯カメラがつき、警備員も定期的に見回りをしているのだが、月に何度か生活安全課に通報が入る。

橋本は貧乏揺すりをしながら、テーブルを顎でしゃくった。

「これだけの本を万引きしようとしたんですわ」

合板のテーブルには、大学受験の問題集が十冊以上も積んであった。赤本もある。ここから通える場所にある国立大学の教育学部のものだ。

チェックのプリーツスカートを穿いた女子高生の足下には、リュックサックが置いてあった。ナイロン製のもので、たっぷりとした容量がある。女子高生はここに入るだけ参考書を詰め、書店を出ていこうとしたところで捕まったのだという。これだけ入れれば、リュックサックも相当膨らんでいたはず、さぞや目についたに違いない。

そういえば、と尚美は思い出した。

しばらく前、このショッピングモール内のドラッグストアでこの子を見かけた。そのとき一緒にいた友だちが私服姿だった。違う学校に通う女子高校生が親しそうにしているのが珍しく、何となく印象に残っていたのだ。

橋本が貧乏揺すりをしているのは、被害の大きさに腹を立てているからのようだった。未然に済んだとはいえ、問題集は単価も高く、女子高校生が盗もうとした書物の合計額は軽く二万円を超える。

「国立大学を受験しようっていう奴が、こんなことをしでかすとは。この国の将来も暗いな」

橋本はテーブルの上の赤本を指差し、厭味な口を叩いた。

「問題集を買う金がないなら、学校の図書室へ行け。万引きしたものを使って勉強するっていう、やり口が気に入らん」

女子高校生は平然としていた。橋本が唾を飛ばしてわめいてもまるで馬耳東風、右から左へ受け流している。

「こんな奴が、教師になろうってえんですよ。とんでもない話だ」

ただでさえ万引き被害に頭を悩ませているところに、捕まえた女子高校生が悪びれずにいるとあって、橋本はすっかり頭に血が上っている。

「さっさと補導してくださいよ。いくら訊いても、親の連絡先を言わなくて困っちゃってるんですから」

　橋本が怒り心頭になるのはもっともだが、それより気になるのは盗もうとした問題集のことだ。赤本は国立大の教育学部のものなのに、他の問題集は私大文系、理系のものが交ざっており、統一性がない。国立と私立を併願するのは珍しくないが、文系と理系を併願する生徒は稀だろう。

「こんなにたくさん、どうするつもりだったの？」

　パイプ椅子に座っている女子高校生の目線に合わせ、腰を屈めて訊ねた。

　女子高校生は、近隣の私立高校の制服を着ている。近くに系列の大学があり、卒業後はほとんどの生徒が系列大学へ進む。わざわざ受験して別の大学、しかも試験科目の多い国立大学へ進学する生徒は稀だろう。

「自分で使う気だった？　それとも売ろうと思ったの？」

　売るつもりで万引きしたのなら、腑に落ちる。

「学校には連絡しました？」

　達樹が橋本に問うた。

「しましたよ、もちろん。一蹴されましたけどね」

「どういうことです」

「人違いだって相手にしてくれんのですよ。そんな名前の生徒はいないと言って、ガチャンですわ。本人がそう名乗ってるから連絡したってえのに、事情を確かめようともしないとはね。近頃の学校はどうなってるんだか」

そのときの電話のやり取りを思い出したらしく、橋本が気色ばんだ。

「君、名前は？」

達樹が女子高校生に訊ねた。

「桐山未生です」

そう、このとき女子高校生は〝桐山未生〟と名乗ったのだ。

「キリヤマは簞笥に使う桐に山、ミキは未来を生きる、と書きます」

最初に違和感を覚えたのはこのときだった。それまで黙秘していた女子高校生は自分の名を告げるときから雄弁になった。ひょっとして偽名かもしれない。直感でそう思ったが、部屋の中を見渡しても、前に映画で見たような、未生という名を想起させるような貼紙などは見当たらなかった。

「未来を生きる――、いい名前だね。ご両親がつけてくれたのかい」

「お祖母ちゃんがつけました。英語の先生で賢いんです」

「そうなんだ。お祖母さんがつけてくださったのか。その影響を受けて、君も教師を目指しているのかい」

「はい。うちは両親が早くに亡くなって、お祖母ちゃんが一人で育ててくれたから、結びつきが強いんです」

「お祖母さんお一人で？」

「そうです」

　おそらく桐山未生とは彼女の知人の名なのだろう。警察に未生の名を覚えさせたくて、わざわざ名前の由来を語っているようだが、目的がわからない。

「何か事情があるなら、聞かせてくれる？」

　尚美はまた腰を屈め、女子高校生の顔を覗き込んだ。

「お祖母さんがこのことを知ったら、悲しむとわかっているのよね。なのに、どうして？」

　反応はない。首を傾げ、わずかに口を尖らせたきり、口を閉じている。

「これだから近頃の子どもは――」

　黙っている女子高校生に苛立ったのか、橋本がまた貧乏揺すりを始めた。パイプ椅子に座っているものだから、ぎしぎしと耳障りな音が立つ。

「ひょっとして、誰かに脅されてこんなことをしたのかな」

尚美に続き、達樹が質問した。

中高生の万引きには、ときおりそういうケースも見受けられる。

自分の欲しいものを、友人に命じて盗ませてくる。その場合は実行役の生徒だけ捕まえても解決にならない。命じる側は別の標的を見つけ、また次の事件を起こす。

結局、女子高校生は親の連絡先について口を割らなかった。

そのまま補導しても良かったが、尚美はそうしなかった。今回は厳重注意に留めることにして、女子高校生を帰した。

「甘いですよ」

尚美の判断に達樹は反対した。

「万引きは窃盗ですからね。ことによっては、それが原因で潰れる店だってあるんです。厳正に対処すべきだと、ぼくは思います」

尚美も同感だ。

よって、ショッピングモールの前で署に戻る達樹と別れ、帰宅する女子高校生の跡をつけた。見逃すわけではない。放免したのは素性を確かめるためだ。

ショッピングモールを出た後、女子高校生は電車に乗った。そこで同年代の友だちらしい女の子と出くわし、声をかけた。

それが本物の桐山未生だった。

もっとも、このときは推測に過ぎなかった。ゆえに二人の跡をつけ、裏を取った。

本物の未生は制服を着ておらず、ダンガリーシャツにスカートの私服姿だった。

二人は同じ駅で降り、家の近所まで一緒に歩いて帰った。今は別々の学校に通う幼馴染みなのだろう。

市内には制服のない公立の高校がある。昔から名を知られた進学校で、国立大学に入る生徒も多い。

本物の未生のほうが先に家へ着いた。

「じゃあね、未生」

住宅街は静かで、距離を隔てて歩く尚美の耳にも聞こえた。

「うん、またね。アヤ」

アヤ。それが万引きをした女子高校生の名だった。さっきの私服の子が桐山未生。制服を着た女子高校生のアヤは幼馴染みの名を騙ったのだ。

本物の未生の家と、書店で万引きをしたアヤの家は近所だった。

アヤの家はしっかりとした作りの洋風の家だ。屋根付きのポーチには日本のメーカーの普通乗用車が一台停まっていた。表札には〈野口〉とある。

　彼女は門を開け、家に入っていった。

　二階の部屋に明かりがつく。窓にはレースのカーテンが掛かっている。野口アヤ。

それが万引きをした女子高校生の名前だった。


「なるほどですね」

　運転席で達樹がうなずいた。

「幼馴染みだとすると、未生さんのお祖母さんの借金のことも耳にしているでしょうね。消費者金融の人間が訪ねてきたところを、近所の人も見ているでしょうし。あの万引きも、未生さんにあげようとしてやったのかもしれない。もしかして頼まれたんですかね。それで補導されたとき、敢えて未生さんの名を言ったとか――」

「うーん、どうかしら」

　その意見には賛成しかねる。

　二人はごく普通の幼馴染みに見えた。未生がアヤに万引きを強要するとは思えない。

「あるいは、家庭の事情で問題集を買えない未生さんのために、アヤさんが独断でやったとも考えられますが」

「万引きして手に入れた問題集をもらって嬉しい？」

「いや、困ります。むしろ迷惑ですよ」

「同感だわ」

たとえ親切心からだとしても、盗品を受けとるわけにはいかない。高校生ともなれば、それくらいの常識はわきまえていそうなものだ。

「アヤさんは問題集を手に入れたかったんじゃなく、未生さんの名前を警察に印象づけたかったのよ。たぶん家の中で困っていることが起きているんだと思う。アヤさんは未生さんを助けたいのよ」

「それで偶然を装い、未生さんに声をかけたわけですか」

合点がいった顔で、達樹がつぶやく。

「だったらもう少しうまくやってくださいよ。逃げられちゃったじゃないですか。怪しまれたんですよ。妙な飴を食べさせたりしたから」

「太郎兵衛さんは妙な飴じゃないわよ」

「模造品でしょう。どうせなら、本家本元の五郎兵衛飴をあげたらどうです」

「わたしは太郎兵衛さんが好きなのよ。いいじゃないの、どっちもおいしいんだから」

未生に渡した飴は、会津若松にある五郎兵衛飴本舗の水飴を模した代物だ。模造品と見た目も成分も似通っているが、本物と比べるとやや小振りで味も薄い。本物はほんの数年前まで会津若松に行かないと手に入らなかったが、太郎兵衛は近くの菓子屋で売っていて親しみがある。言われればそうかもしれないが、尚美は子どもの頃から太郎兵衛派だった。

「で、どうします。彼女が家を出てくるまで待ちますか」

ハンドルを握った達樹が言う。

「まあ、出てくるとは限りませんけど」

運が良ければ家を出てくるところを捕まえたいが、未生は帰宅したところだ。明日の朝、登校するまで家にいる可能性が高い。かといって、こちらから訪ねていけば警戒させるだけだ。

「それとも、野口アヤさんのところへ話を聞きにいきますか」

むしろ未生より、祖母に話を聞きたかった。

消費者金融に借金があり、返済が滞っているにもかかわらず、風呂で鼻歌を歌う神経は中々のものだ。どんな人なのか、この目で確かめたい。

それなら、近所の人に聞いてみようか。

「……無視か」

達樹が短く切り揃えた髪を掻きむしり、天を仰ぐ。

「どこにも行かないなら、帰りますよ？　でもその前に、せっかく迎えにきたんですから、お茶の一杯でもご馳走(ちそう)してください」

「車出して」

「ぼくの言うこと聞いてます？」

「いいから、急いで」

「ったく……。タクシーの運転手じゃないんですからね」

ぼやく達樹のジャケットのポケットを手で引っ張り、紙包みを一つ落とした。

「割増料金」

太郎兵衛飴だ。ポケットを探り、じろりとこちらを見る達樹に言う。

「足りませんよ」

「だったら、もう一つあげるわ」

それでも足りないのか達樹は返事をせず、すぐに車をスタートさせた。

「止めて」

「え、もう？」

言われるままブレーキを踏んだ達樹が、不服そうに息をつく。

「ここは誰の家ですか」

「決まってるじゃない。野口アヤさんの家よ」

さっき達樹が言った通り、話を聞きにきたのだ。

尚美はさっさと車を降り、未生の家の近所にある洋風の家を見上げた。

二階の部屋の明かりはついていない。腕時計を確かめると十八時。

待っていると、三十分ほどでアヤが帰ってきた。

「こんばんは」

家の前で声をかけると、はっとして足を止めた。尚美と達樹の顔を見て、キュッと唇を噛む。

「知ってる？　嘘つきは泥棒の始まりなのよ」

「……何のことでしょう。万引きのことですか」

「未生さんのこと。警察に相談したいことがあるんでしょう。それを聞かせてもらいにきたのよ、野口アヤさん」

名を呼ぶと、アヤは目を見開いた。

「わかりました」

偽名を使って万引きしたのに、警察は一週間で自分の名と自宅を暴いた。そのことで信頼してくれたのかもしれない。アヤはしっかりした足取りでやって来た。顔には決意の色があらわれている。

「わたしの知ってること、全部話します」

万引きしたのは、警察に未生の名前を知らせるため。そのためにわざと万引きした。自分が補導されるリスクを冒してもなお、警察に未生の陥っている危機を伝えたかったのだ。

達樹が車のドアを開け、アヤを後部座席へ乗せた。

3

ショッピングモールで貧血を起こした二日後。

放課後、高校を出て歩いていると、背中を叩かれた。

「何ですか?」

突然のことで飛び上がりそうになった。カッと目を見開いたまま振り返ると、この間のお姉さんだった。昭嶋署生活安全課に勤務しているという警察官。あのとき運転席にいた相棒の達樹も一緒だ。不仲の割に今日も連れ立っている。

尚美は勝手に未生の隣に並んで歩き出した。肩にかけたトートバッグの持ち手を握りしめ、なるべく視線を合わさないようにする。

「さっき、あなたの家に行ってきたの」

思わず息を呑んだ。

「どうしてですか」

「お祖母さんが心配してたわよ」

つい顔を向けると、尚美がじっとこちらを見ていた。

「お元気な方ね。訪ねていったとき、家の中から歌声が聞こえたわ」

目が泳いだのが自分でもわかった。

「演歌がお好きなのね、あなたのお祖母さん」

よけいな真似をしてくれるものだ。何の用があって、わざわざ家まで訪ねてきたりするのだろう。

トイレで交わした短い会話を忙しく思い返した。どこかに疑われる要素があったろうか。こんなふうに警察官に待ち伏せされるなんて、普通ではない。

「少しお耳が遠いのかしら。チャイムを押しても中々出てきてくださらなかったけど。だからドアの隙間からメモを入れたの。あなたのお孫さんが万引きした件でお話を聞きたい、って。そうしたら読んでくださったみたいで、すぐにドアを開けてくれたわ。びっくりしていらした」

「何の話ですか？」

未生は足を止めた。

「十日前、駅前のショッピングモール内にある書店で、桐山未生さんが万引きをしたのよ。大学受験の問題集を大量に」

尚美は涼しい顔をしている。そのすぐ後ろを歩く達樹も同様だ。

「何かの間違いじゃないですか。わたし、そんなことしていません」

「でも、万引き犯はあなたの名を名乗ったのよ。自分は桐山未生だって」

「そんなの嘘です。わたしじゃない」

「そうね。調べたら人違いだったわ」

意味がわからない。誰が未生の名を騙ったのか知らないが、人違いとわかっているなら、いったい何の用だ。

未生はふたたび歩き出した。尚美と達樹もついてくる。二人とも警察官だけに圧迫感がすごい。冷静になろうと頭では思いつつ、早足になってしまう。

「万引き犯に心当たりはある？」

「ありません。学校でいじめに遭っているわけでもないし、そんな嫌がらせをされる覚えはありません」

「嫌がらせとは限らないわよ」

「どういう意味ですか」

ますますわからない。万引きをして捕まって、未生の名を騙った。嫌がらせとしか思えない。

「ねえ、『おしゃべりなたまごやき』って知ってる？　王さまが出てくる物語なんだけど」

いきなり話が変わり、面食らった。

「王さまシリーズ、読んだことない？」

ちょっと考え、かぶりを振った。

聞いたことがある気もするが、すぐには思い出せない。

「王さまがね、自分の悪事を目撃しためんどりに口止めをするの。『黙っていろ』って。ばれたら大騒ぎになるから」

「変な話ですね」

「最初のうちはよかったのよ。めんどりは忠実なしもべだから、王さまの命令をきっちりと守るの。決して口を割らず黙っているわけ。でもね、結局ばれちゃうのよ。どうしてだと思う？」

「さあ」

　おざなりに首を振り、適当なことを言う。

「口止めをしているところを、別の誰かに見られたとか」

「惜しい。近いけど違うわ」

「だったら、寝言でばらしちゃったとか」

「やだ。わたしも寝言を言うのよ。危険だわ」

　少し前から、未生は不眠に悩んでいた。寝言以前に眠れない。

　この人には、人に言えない秘密などないのかもしれない。見た目も綺麗で、警察官で、いかにもまっとうに生きていそうだ。

「でも残念。それも違うの」

　尚美はクイズを出しているみたいに、どこか楽しげだった。ワンカール巻いた髪を揺らしながら歩いている。

「めんどりはね、王さまの秘密を自分の卵に隠したの。自分の胸にしまっておく自信がなかったのでしょうね」

「——知ってる」

思い出した。その話は読んだことがある。

「確か、その卵で作った目玉焼きが喋っちゃうんですよね」

「当たり」

尚美は嬉しそうに笑った。

小学生の頃に図書館で借りて読んだとき、おかしいのと同時にうっすら怖くなったのを憶(おぼ)えている。

「まさか卵からばれるとは」

「そういうものなのよ。嘘はいつかばれるの」

お祖母ちゃんにも同じことを言われたことがある。

嘘をつくと、ろくなことがないから止めておきなさい、と。

どんなに隠したところで、いつか必ずばれる。だったら正直でいたほうが楽だと言っていた。あのとき、お祖母ちゃんはどんな気持ちでいたのだろう。

「ひょっとして、アヤですか」

ふと思いついて言った。

「それも当たり」

やっぱり。

自分が黙っているだけでは駄目なのだ。

アヤが黙っていられず警察へ相談したのだ。めんどりが卵に秘密を託したのと同じで、未生の秘密を警察官へ託した。放っておいてくれればいいのに。良い子ぶって。

要するに、この警察官は始めから未生を疑い、声をかけてきたのだ。

「やっぱり補導するんですね」

「誰を？」

尚美のとぼけた返事に腹が立つ。

「わたしです。それともアヤを補導したんですか」

「しないわよ。厳重注意をして家に帰したわ」

「でも、お二人とも警察官なんですよね？」

声をかけられた理由がわからず、却って不安になった。

口ではそんなことを言って、油断させて連行するつもりかもしれない。

「補導するなら、とっとと車に乗せて署へ連れていってるわよ。ねえ？」

傍らの達樹がうなずく。

「当然です。そのつもりなら、この人にこんな無駄話はさせません」

「何よ。王さまシリーズはおもしろいんだから。どうせ読んだことないでしょう」

「ありますよ」

達樹がむきになって言い返した。

「見くびらないでください。ぼくは読書家の小学生だったんです」

小競り合いをしつつ、案外仲がいいのかもしれない。少なくとも、達樹は尚美を十分に意識していそうだ。

「あっそう」

なのに、この素っ気ない返事。傍で聞いていて、ちょっと達樹が気の毒になる。

「今日かぼちゃが特売なんだけど知ってる？」

尚美はそんなことを未生が考えているとも知らず、無邪気な顔で訊いてきた。

「かぼちゃ？」

変な人。

話があちこちに飛んでついていけない。

「冬のかぼちゃ、おいしいじゃない。だから、うちでも買ったんですって。丸ごと一つ。それを使ってかぼちゃ料理を作るの。アヤさんも待ってるから、一緒に食べましょうよ」

「どうしてアヤが刑事さんのお家にいるんですか」

「誘ったのよ。かぼちゃ丸ごと一つ消費するには人数が多いほうがいいから。未生さんも好きなんでしょう？」

「そうでもないです。まあまあです」

「つまり好きってことよね」

「いえ、そうは言ってないです」

さっきから、おかしな話ばかりで調子が狂う。

いちいち逆らうのも面倒だから、やめにした。本当はかぼちゃどころではないけど、ついていくしかなさそうだ。

尚美によれば、あの人は玄関に出てきたという。ならば生きているわけだ。

落胆と安堵の気持ちが半々。

ともかく殺人犯にはならずに済んだみたい。

4

前と同じ道を通り、尚美の家の前で降りた。

今日はオープンテラスにもお客がいなかった。中で待っていたのはアヤ一人だ。庭に面した四人掛けのテーブルにつき、心細そうに背を丸めている。

「未生！」

尚美に続いて店の中に入ると、アヤが腰を浮かせた。

いきなり立ち上がったものだから、一瞬椅子が倒れそうになって慌てている。まったくもう。苦笑いが込み上げた。子どもの頃からアヤはいつもこうだ。鈍臭く（どんくさ）て粗忽（そこつ）。同じ学校に通っていたときも、しょっちゅう先生に叱られていた。

オープンテラス側の窓から陽（ひ）が入り、店の中は明るい。

室内には外国製の大きなオイルヒーターが置いてある。カウンターの奥が調理場になっているようで甘いにおいが漂ってくる。

カウンターの奥には白髪頭の男の人が立っていた。

たぶん、この店のマスターだ。目が合うとにっこりと笑った。

独特な髪型の優しそうなおじさんだ。もしゃもしゃして鳥の巣みたい。背が高く顎鬚も白くて、外国人のお爺さんみたいに思える。

その横にいるのは奥さんだろう。対照的に小柄で、銀髪をぱつんと短く切り揃え、シャツの衿を軽く立てている。歳はマスターが七十代前半くらい、奥さんは六十になったばかりというところ。夫婦揃って姿勢が良い。

アヤの隣に腰を下ろすと、奥さんが水を運んできた。

緊張しているせいか喉が渇く。さっそくグラスへ手を伸ばそうとすると、真向かいに座った尚美に止められた。

「その水、飲まないほうがいいわ」

「何の脅しですか」

隣に腰を下ろした達樹に注意されると、「アドバイスよ」と澄ました顔を作る。

「毒でも入っているんですか？」

びっくりした声でアヤが言う。

ふふん、と笑うだけで尚美は答えない。

「そんなふうに脅されると、よけい飲みたくなっちゃう」

怖いもの知らずのアヤは言うなりグラスの水を呷った。

「うわ、苦い」

グラスを置き、べえ、と舌を出した。

「馬鹿。お客さんを脅かすもんじゃない」

マスターが尚美を叱った。

「安心してください。ただの水です。フランス産の硬水なので、馴れるまで少し飲みにくいですが、体にはいい。胃腸の動きをよくするんです」

「つまり、便秘に効くわけだ」

達樹が含み笑いをして尚美を見た。

「デトックスと言ってよ」

「言い方が違うだけで、同じことでしょう」

試しに未生も一口飲んでみた。

特に何とも感じない。普通においしく飲める。

「未生は平気なんだ、このお水」

アヤに言われ、うなずいた。

「うん。何ともない」

「へええ。前にも飲んだことあるの？」

「お祖母ちゃんが好きで、いつも買ってくるから」

「さすが、未生のお祖母ちゃん。英語の先生だけあるね」

「英語は関係ないって」

　苦笑いが浮かぶ。

「うちなんて水道水だよ。フランスのお水なんて、ママは買おうとも思わないよ。ラベルも読めないし。やっぱり、未生のお祖母ちゃんはお洒落だよね。インテリで格好いい」

「全然格好良くないよ。近所の酒屋さんで売れ残ったのを安く買っているだけだもん。お祖母ちゃんはお通じを良くするために、ミネラルを多く含んだお水を飲んでるの。お洒落とかそういう話じゃない」

　まくしたてると、アヤの目が曇った。

　仕方ない。本当のことだ。ひとのお祖母ちゃんを勝手に美化しないでもらいたい。あんな水はただの便秘薬代わりだ。胃腸が十分に発達していない小さな子どもに硬水を与えると、体に負担が掛かる。

　アヤも一度、ひどい目に遭ったはずなのに忘れたのか。馬鹿みたい。

　お祖母ちゃんの水を飲むのは禁じられていた。苦い薬を溶かしてあると脅されていた。孫娘がお腹を壊さないよう方便を使ったのだと、今ならばわかる。

しかし、禁じられるとよけいに飲みたくなる。

初めてお祖母ちゃんの目を盗んで飲んだときは、苦くてびっくりしたけど、そのうち馴れて平気になった。苦い薬を溶かしているなんて嘘だ。きっと子どもには贅沢な品だから、未生には飲ませまいと禁じているだけと結論づけた。

あるとき、お祖母ちゃんに叱られた腹いせに、たまたま遊びにきたアヤにその水でカルピスを作って出した。いつも家で飲んでいるときより濃い目にしたらおいしくて、二人で何杯もお代わりした。

馴れていた未生は平気だったが、アヤは帰宅後にお腹を壊し、次の日は学校を休んだ。あんなに欲張って飲むからと呆れたが、勝手に水を飲んだことがお祖母ちゃんにばれ、「こんなにたくさん飲んで、お腹は平気かい」と心配されて真っ青になった。

泣きながらカルピスの顚末を打ち明けると、お祖母ちゃんはアヤの家へ飛んでいった。後を追いかけていくと、お祖母ちゃんは玄関先で深々と頭を下げていた。

常々「先生」と呼ばれているお祖母ちゃんが、肩をすぼめて恐縮している。そんな姿を目の当たりにして、未生は大きなショックを受けた。

アヤの両親は「子どものいたずらですから」とすぐに許してくれたが、お祖母ちゃんは頭を上げなかった。自分の管理不行き届きで大事なお嬢さんに大変なことをしてしまったとオロオロしていた。

お祖母ちゃんはすごい人だと思っていた。元先生で、英語ができて、近所の人からも一目置かれていた。決して勘違いではない。

そのお祖母ちゃんが、アヤの両親の前で頭を下げている。小さな後ろ姿がひどく年寄りじみて見えたことにショックを受け、未生は泣きながら家に戻った。

アヤはすぐに回復して学校へ出てきたが、どう接していいのかわからず、こちらからは寄っていかなかった。後ろめたくて、何と話しかけたものか、言葉が浮かばなかった。

アヤが何も悪くないことはわかっている。

でも顔を見ると、どうしてもアヤの家の玄関先で見た光景を思い出す。

惨めなお祖母ちゃんが気の毒で、家族と言えばそのお祖母ちゃん一人しかいない自分もまた惨めだった。話しかけられても素っ気なく応じ、休み時間は他の友だちと喋り、帰りも回り道をして、アヤを避けた。

以来、未生のほうからは、あまり声をかけなくなった。

アヤはたぶん、カルピスのことを憶えている。それでもそんな素振りを露ほども見せず、お祖母ちゃんを持ち上げてくれる。

チーズが焦げるにおいが漂ってくる。ふいに強い空腹感を覚え、未生はお腹を押さえた。手料理なんて久し振りだ。このところ家では満足なものを食べていない。食卓につくのが嫌で、スーパーで買った菓子パンやカップ麺で適当にお腹をふさいでいる。

マスターが料理を運んできた。

黒い耐熱皿にたっぷりチーズがよそってある。表面が焦げ、ぐつぐつ音がして、見るからにおいしそうだ。

「お待ちどおさま。熱いうちに召し上がってください」

頑丈そうな手で配膳をととのえ、マスターがカウンターへ引き上げていく。

「かぼちゃ料理って、これですか？」

思わず顔がほころぶ。

「やっぱり好きなんじゃない。これが大好物だってアヤさんに聞いて用意したんだから」

「食べようよ」

アヤが肩をつついてきた。

本当に、そんなに好きではない。

かぼちゃは嫌いだ。野菜なのに甘いところや、もそもそして喉に詰まる感じがするのも鬱陶しい。

でも、これは特別。かぼちゃのグラタンは未生の大好物なのだ。

両親が亡くなったのは、未生が学校主催のキャンプに出かけているときだ。

久しぶりに夫婦水入らずのドライブへ出かけた帰りに、野生の鹿が道に飛び出してきたのに驚き、ハンドル操作を誤ったのだ。

お祖母ちゃんと暮らしはじめてからも、未生は一人で眠れなかった。お風呂にも一人で入れず、留守番もできない。この世に一人ぼっちで取り残されるのではないかと、そんなことを案ずる臆病な子になってしまった。

未生を引き取ったとき、お祖母ちゃんは六十歳を迎えたばかりだった。

学校で働いていたせいか躾に厳しく、好き嫌いを言うと叱られた。

かぼちゃグラタンは、お祖母ちゃんの試行錯誤の末に生まれたメニューだ。

何も気づかず、普通のグラタンだと思ってフォークで掬ったら、中からかぼちゃが出てきて、未生は食べられなくなってしまった。

当然、お祖母ちゃんに叱られた。どうして食べないの。かぼちゃだって安くないのに、もったいないでしょう。葱やらピーマンやら、他の苦手な野菜は我慢して食べているのに、どうしてかぼちゃは駄目なの。問いつめられ、とうとう未生はしゃくり上げた。

味が苦手なのではない。

両親の事故死を知らされたとき、食べていたのがかぼちゃだった。

食べると、あのときのショックを思い出す。初めて見る先生の泣き顔と、舌に残る甘ったるさ。未生は口の中にかぼちゃがまだ入っている状態で、話を聞いた。そのせいで体が受け付けなくなってしまったと打ち明けると、お祖母ちゃんが泣いた。

——ごめんよ。

未生がそんな気持ちでいるとは気づかなかった。お祖母ちゃんが悪かった。もう二度と食べなくていいからと、かぼちゃのグラタンを下げた。

そのとき、お祖母ちゃんの指に絆創膏（ばんそうこう）が巻かれているのが目についた。

どうしたの、と訊いたら、何でもないとごまかされたけどわかった。

かぼちゃは皮が固く、包丁で切るときに力が要（い）る。お祖母ちゃんは手を滑らせて、指を怪我したのだ。

お風呂から出た後、何気なく台所を覗いたら、ほのかに甘いにおいがした。テーブルの上にはラップをかけ、その上に布巾を載せたグラタンがあった。お祖母ちゃんが後で食べるつもりなのだろう。未生の目に触れないよう、わざわざラップの上から布巾で隠してあるのがお祖母ちゃんらしい。

思いきって打ち明けたせいか、かぼちゃを見ても落ち着いていられた。テーブルにつき、冷えたグラタンを思いきって口に入れた。

冷えているのに温かい。チーズの塩気が利いていて、かぼちゃの甘さがだいぶ抑えられている。食べるとやっぱり胸が痛んだけど、それ以上においしかった。自分でもびっくりした。

お祖母ちゃんが、未生のために作ってくれたからおいしいのだと、子ども心にもわかった。味を感じるのは気持ちなのだ。節高い指に巻かれた絆創膏を思い出したら、ぽたりと涙が落ちた。

未生のために長生きするからね、と野菜の摂取と運動を欠かさないお祖母ちゃん。少しでも若々しく見られるようにと、月に一度、美容院で髪を黒く染めているお祖母ちゃん。未生の傍にはいつもお祖母ちゃんがいる。

おかげで留守番もできるようになった。もう一人でいても怖くない。

でも、学校から帰ってきて、お祖母ちゃんに「お帰り」と言われると嬉しい。

お祖母ちゃんが物音を聞きつけ、台所に来た。

あのときの驚いた顔。目を丸くして、次の瞬間、くしゃくしゃの笑顔になった。以来、かぼちゃグラタンは末生にとって特別なご馳走になったのだ。

――もう平気。

そう言ったときの、ほっとした顔を思い出すと今も泣きそうになる。

そのかぼちゃグラタンを作ってくれたというのか。

フォークを突き刺し、たっぷりチーズをからめて頬張る。

「……おいしいです」

具はかぼちゃと玉ねぎとひき肉で、生姜醤油で濃い目に味付けをしてある。

牛乳に味噌と出汁を加えたものをホワイトソースの代わりに使い、水牛のチーズをかぶせて焼いてあるのがお祖母ちゃんのかぼちゃグラタンだ。

生姜醤油のパンチがアクセントとなって、かぼちゃの甘さを和らげているのがいい。

それだけだと地味な和風のおかずだが、水牛のチーズをかけて焼くと、途端に洋風のご馳走になる。

「こんなグラタン、初めて食べるわ。ねえ？」

白い頬を上気させた尚美が、傍らの達樹を見た。

「うん。生姜が利いてる。飽きずに食べられますね」

「ひき肉と絡めているのがいいんだわ。チーズもモッツァレラでさっぱりして、いくらでも入りそう」

「森山さんは何を食べてもはしゃぎますね」

はふはふ言いながら食べる尚美を横目で見て、ふん、と達樹が鼻を鳴らす。この二人、実は仲がいいのかもしれない。

「どうしたの？　手が止まってるよ」

横からアヤが心配顔を突き出した。

「やっぱり、お祖母ちゃんの味とは違った？」

「そんなことないよ」

「ごめんね。わたし、勝手に喋っちゃって」

「憶えてたの？　作文のこと」

「……うん」

お祖母ちゃんのかぼちゃグラタンのことを作文に書いて、市のコンクールで優秀賞をもらったのは小学校六年生のときだ。全校児童の前で校長先生から賞状をもらい、未生は受賞した作文を壇上で読んだ。アヤはそのときのことを憶えていたのだろう。当時はろくに口も利いていなかったのに。

「一度食べてみたかったんだ、未生のお祖母ちゃんのかぼちゃグラタン」

「そうなの？　言ってくれれば良かったのに」

でも、あの当時アヤを避けていたのは未生だ。

「ごめん」

「どうして未生が謝るの？」

疎んじたりしてごめんね。

そう言おうと思ったけど、アヤは憶えていない振りをするだろう。

自分以外に、お祖母ちゃんのかぼちゃグラタンを憶えていてくれる人がいる。そのことが嬉しかった。それがアヤで良かった。

お祖母ちゃんのところに引き取られたとき、一番に声をかけてくれたのがアヤだ。手を引っ張って、近所の公園に連れていってくれた。アヤは両親のことを訊かなかった。お祖母ちゃんと二人で寂しくない？　とも言わなかった。人が訊かれたくないと思っていることに触れず、それを相手に悟らせることもない。アヤは粗忽なところもあるけど底抜けに優しい。

万引きしたなんて馬鹿だ。

そんなことをして退学にでもなったら、どうするつもりだったのだろう。でも、わかっている。アヤが馬鹿な真似をしたのは、未生のためだ。

水を一口飲んで、気持ちをととのえた。

打ち明ける決心を固め、尚美と達樹を見る。

「うちのお祖母ちゃん、本当は先生じゃないんです」

「えっ」

と、アヤが驚きの声を上げる。

よほど意外だったのだろう。が、すぐ我に返り、神妙な面持ちを作った。

「短大の英文科を卒業して、教員の二種免許を持っていたことは本当なんですけど。実際に教えたことはありません」

その事実を知ったのは中学校に入ってからだ。両親の法事で親類が集まったときに噂話を耳にして気づいた。

お祖母ちゃんは中学校の事務員だった。

四年制大学への編入を目指していたが、早くに結婚して妊娠したこともあり、断念したのだという。それが今では塾を経営しているのだから偉い。そんな噂話だった。

が、未生は聞かなかった振りをした。

近所の人はもちろん、学校の友だちはお祖母ちゃんが中学校の英語教師だったと思っている。塾の教え子や保護者もそう信じていた。

今さら英語教師をしていたのは嘘だと言えば、周囲は驚くだろう。中には、詐欺だと騒ぐ人も出てくるかもしれない。

「わたしが周りに自慢したから、引っ込みがつかなくなったんだと思います。でも、お祖母ちゃんは一生懸命、勉強していました」

小学生のとき、未生は居間の隣の六畳に布団を敷いて寝ていた。

夜中に怖い夢を見て起きると、いつも襖(ふすま)の隙間から明かりが漏れていた。お祖母ちゃんは未生が寝た後、居間で勉強していた。教師経験がない分、努力で補おうとしたのだろう。

「二種免許を持っているのは本当なんでしょう?」

尚美が訊ねてきた。

「そうです」

「だったら問題ないわよ。中学校教師ではなかったかもしれないけど、先生なのは本当だもの。ねえ？」

傍らの達樹に同意を求める。

「はい。塾講師にはそもそも教員免許が不要です」

「ほらね」

それは自分でも調べたから知っている。

仮に知られたとしても、実際にお祖母ちゃんの教え方が上手いことは、これまでの実績によって裏付けられている。現に、塾の教え子の多くは志望校に合格し、中には英検一級に合格した人だっているのだ。

問題はそこではない。

かぼちゃグラタンを食べた後、尚美は達樹に命じてアヤを自宅まで送らせた。これから先の話は第三者のいない場でしたほうがいいと判断したのだ。

いよいよだ。

未生は覚悟を決めて尚美を見た。かぼちゃグラタンを食べていたときとは違い、警察官として怖い顔をするのだろう。そう思ったのは間違いだった。

「知ってる？　例の王さま、自分にそっくりの人に身代わりを頼んだことがあるのよ」

尚美はまた妙な話を始めた。

「王さまに身代わりを頼まれたのをいいことに、偽者は好き勝手するわけ。挙げ句、自分が本物だと言い出して大騒ぎになるんだけど」

「……知ってます」

小学生の頃、図書館で借りて読んだことがある。『にせものばんざい』だ。

「だったら、話が早いわ」

にっこり笑って尚美が言う。

「あなたの家にいる、演歌好きのお婆(ばあ)さんは偽者ね？」

その通りだ。

尚美が対面したという、玄関まで出てきた人は未生の祖母則子(のりこ)ではない。宮内和枝(みやうちかずえ)という名の、お祖母ちゃんの古い知人だ。

勤務先の中学校に隣接する給食センターで調理師をしていた縁で、面識はあるようだが、さほど親しい付き合いをしていたわけではない。

「あの人は急に押しかけてきたんです」

半年前のこと。

未生が学校から帰ったら、居間にいた。膝を崩して斜め座りをし、当たり前の顔をしてお茶を飲んでいた。

「家賃を払えなくなってアパートを追い出されたから、今日からここに住む、って――。自分のことは新しいお祖母ちゃんと思っていいからって、勝手に棲みついたんです」

「弱みでも握られているの？」

「お祖母ちゃんが教員の経験がないことを知ってるんです。塾講師をするのに問題はなくても、元中学校教師だと思わせるのは犯罪ですよね？」

「その看板で人を集めているとしたら、軽犯罪法違反になる可能性はあるわね」

「お祖母ちゃんは教員の二種免許を持っている、と言っているだけです。でも、わたしが勝手に学校の先生だったと自慢したから……。塾の教え子や保護者にはそれを信じる人も多いです」

「お祖母さんも、敢えてそれを否定しなかったということ？」

「はい。でも、それは孫のわたしに気を使ったからです」

両親はいなくても、元教師の祖母がついている。

それが未生の拠り所だった。実は教師ではなかったと知られれば、孫が恥をかく。お祖母ちゃんはそのことを案じ、口をつぐんでいたのだと思う。

「あの人は消費者金融で大きな借金をしているんです。一千万くらい。お祖母ちゃんに、その肩代わりをしろと脅してきたんです」

「応じなければ、教師だと偽っていたと周囲にばらすと言うのね」

「その通りです」

お祖母ちゃんは病気になったことにして、塾を休業した。

追い打ちをかけるように、最近になって、和枝がお祖母ちゃんの名義で借金をしたことが発覚した。督促状が届いてわかったのだ。警察へ訴え出ようにも、仕返しが怖くてできない。手をこまねいているうちに利息がふくらみ、貯金をはたいても返せない額になってしまった。

もっと早く本当のことを打ち明けていれば良かったと、お祖母ちゃんは落ち込んでいる。そのせいで体も弱り、すっかり老けてしまった。よく眠れないからと、かかりつけの医者に通院する他は、せいぜい食料や日用品を買いに出る程度で家に閉じこもり、鬱々としている。

さっきまで余計なことをして、と腹を立てていたけど、アヤが警察官を巻き込んでくれて助かった。

「でも、なんでわかったんだろう。あの人を見かけたのかな」

不思議に思ってつぶやくと、尚美が教えてくれた。

「演歌よ」

「ああ……、お風呂ですね」

「そう。あなたの家の前を通ったら、濁声（だみごえ）の演歌が聞こえたんですって」

あれには迷惑していた。下手なくせに得意気に歌うのが癇に障った。でも、あの演歌のおかげで、アヤが異変に気づいてくれたと思えばありがたい。

「あなたのお祖母さんは英語の歌が得意なんですって？」

「はい。塾でも教えていました。お風呂でも歌ってましたし」

「同じ話をアヤさんもしていたわ。小さい頃、お祖母さんに教えてもらったことが思い出に残っているんでしょう」

「アヤと二人で習ったんです」

『Twinkle Twinkle Little Star』は未生が初めて覚えた英語の歌だ。

楽しいメロディが気に入り、家でも近所の公園でも、学校帰りにも、アヤと二人で口ずさんだことを今でも憶えている。手をつないで歩きながら、飽きずに何度も歌った。

　未生の夢は英語教師になることだ。

　かつての自分とアヤみたいな子どもたちに英語を学ぶ喜びを伝えたい。そのことはお祖母ちゃんもよく知っている。

　自分自身のことなら、お祖母ちゃんは脅しに屈したりしない。和枝の言うままになっているのは迷惑を被(こうむ)るのが孫の未生だからだ。

　和枝は学校給食の調理師をしていた関係で、教員の知り合いも多いらしい。もし逆らって秘密を漏らされたら、未生が将来教師になったときに、悪い噂に苦しめられるかもしれない。お祖母ちゃんはそのことを案じているのだ。

「わたしの名前、お祖母ちゃんがつけてくれたんです」

「未来を生きる未生さん」

「ひょっとして、それもアヤに聞きました？」

　小さいときから自分の名前が好きだった。

　未生。

　お祖母ちゃんが込めてくれた願いに思いを馳(は)せると、ちゃんと前を向ける。きらきら光る未来が拓(ひら)けているように思える。

両親もたくさん候補を考えたようだが、結局お祖母ちゃんが挙げた名前の持つ可能性に賭けて、未生に決めたのだそうだ。小学生のとき、アヤにも話したことがある。ずっと前のことなのに、今でも憶えていてくれたのか。

「あの人に薬を飲ませたんです。コーヒーに混ぜて」

未生は罪を打ち明けた。

和枝の存在は脅威だった。自分の将来はもちろん、お祖母ちゃんのために消さなければならなかった。だから。

「何の薬？」

「睡眠導入剤です。お祖母ちゃんがお医者さんからもらっている、二カ月分の薬をすりつぶして、コーヒーポットに入れてきました」

あらためて尚美を見た。

「わたしのしたことは殺人未遂ですよね。玄関先まで出てきたということは、うまくいかなかったみたいだけど。死んでしまえ、と思って入れたんです」

「そううまくいかないわよ。悪い奴は鼻が利くもの。おかげで助かったわね」

「はい。もっと早く、誰かに相談していれば良かった」

失敗した今は、そうするべきだったとわかる。

冷静になって考えると、教員経験がないことはちっとも恥ずかしいことではない。むしろ教員として働いた経験もないのに、塾の先生として尊敬を集めるお祖母ちゃんは、今も未生の自慢だ。

「少年院に入ったら、どれくらいで出てこられますか」

「何の話？」

「まだ十八にはなっていないですけど、殺人未遂だと大人の事件と同じように裁かれるんですよね」

「それはそうだけど。あなたは関係ないわよ」

「でも——」

「ここへ来るときに言ったじゃない。『補導するなら、とっとと車に乗せて署へ連れていってる』って。頭の固い相棒が一緒にいたんだもの、もし補導するつもりなら、わたしの話を阻止してくるわよ」

「誰が頭の固い相棒ですか」

「わたしはあなたと、かぼちゃグラタンが食べたかっただけ。おいしいわね、あれ」

突っ込みを入れてきた達樹を無視して、尚美は続けた。

さらに文句が飛んでくるかと思ったが、達樹は恬（てん）としてグラタンを食べている。気に入ったみたいだ。

「腑に落ちません」

「どうして？　あの人ピンピンしていたわよ。玄関の中まで入ったけど、コーヒーのにおいもしていなかったし」

ひょっとして飲まずに捨てたのだろうか。

コーヒーを淹れておきながら、飲まずに登校した未生の思惑を悟ったのだろうか。

考えてみれば、ほとんど家事もしない未生が、急にコーヒーを淹れたものだから怪しんだ。そう考えれば辻褄が合う。

「お腹がいっぱいになったから、お茶でも飲みたくなっちゃった。——ねえ、謙吉さん。温かいお茶を淹れてよ」

やおら尚美は立ち上がり、カウンターへ向かって手を振った。

「いいんですか？　お父さんを使い立てして」

「お父さんじゃないわよ。謙吉さんは、わたしの仕事仲間」

「警察の方なんですね」

公務員がお店をしていいのかと思いながら言う。

「元判事なのよ、今は弁護士だけど。あの髪だから、ベートーヴェン判事と呼ばれてたわ。今は髪が減っちゃって、代わりに鬚を生やしてるの」

　にっこりと笑う。

「悪口が聞こえたぞ」

　飲み物を運んできたマスターが、笑いながら苦言を呈した。

「言っておくが、この鬚は髪の代わりじゃない。退官して得た自由を堪能すべく生やしておるのであって――」

「わあ、ホットカルピス。さっきの話を聞いて、飲みたいと思ってたの」

　話が嚙み合わないのは相棒のときと同じだ。

「あ、そうだ。もうあの人いないと思うわよ」

　ついでのように尚美が言った。

　思わずぽかんとすると、胸ポケットから警察手帳を取り出す。

「これを見せたもの」

　後ろ暗いことがある人は警察を嫌う。尚美の訪問には、あの和枝もさすがに肝を冷やしたはずだ。

「消費者金融からの通報で、あなたの名義で勝手に借金をした人がいると判明したと言ったの。ついては話を聞かせてもらいたい、あなたの名を騙った人を逮捕するから、って」

もういないというのも、もっともだ。和枝はうまく未生の祖母に扮して、その場をやり過ごせたことに胸をなで下ろし、これ幸いと荷物をまとめて逃げていったに違いない。王さまが物語の最後には偽者をやっつけ、騒ぎを収めたように、尚美が偽者を退治してくれたのだ。

「こんばんは」

オープンテラスから、五十代くらいの男の人が入ってきた。グレーの背広を着ているところからすると会社員だろう。尚美を見て会釈する。もしかすると相談でもあるのかもしれない。

＊

動物病院に預けていた白猫を受けとると、相田は何度もお礼を言って帰っていった。家族で話し合い、公園で保護した仔猫の里親になることに決めたのだ。それまで住んでいた社宅を引き払い、ペット飼育可のマンションを購入したという。

白猫は相田を見ると、ケージに前肢をかけて立ち上がり、尻尾をピンと立てて喜んだ。

「何ていう名前にするんですか」

「これから考えます」

会社を休職していたお嬢さんは退職したそうだ。まだ本格的な転職活動を始める元気はないものの、在宅でできるアルバイトを始めたらしい。

「先週、帰省してきました。おかげさまで母親が退院しまして。今は父親が自宅で面倒を見ています」

相田は一週間休みを取り、久し振りに実家でゆっくり過ごしたという。

母親のカレーうどんも食べたとか。台所へ立てるくらいに回復したのだ。

「父も相変わらずでした。この歳の息子に説教するんですから、困りますよ」

苦笑いしつつ、相田は嬉しそうに、その後の話を聞かせてくれた。

大学生の頃、一度だけ味の違うカレーのルウを作ったのは父親だった。

副作用で苦しむ姿を見ていられず、途中から母親に代わって台所に立ち、不慣れながら頑張って作ったのだと、後片付けで台所へ立った際、母親に教えられたそうだ。

内弁慶で厳しいだけの父親と思っていたのが、その話を聞いて見方が変わった。自分が同じ立場なら同じことをしてやれるだろうか。そう考えると、両親が意外と仲がいいのもうなずける。

実家の部屋には学生時代の荷物がそのまま残っている。

何気なく机の引き出しを開けたら、母のメモが出てきた。就職試験の前に送られてきた、冷凍のルウに添えられていたものだ。よく見るとメモは二枚あり、一枚目の「頑張ってね」の下の二枚目にはレシピが載っていた。

社会人になるのだから、これからは自分でカレーうどんを作りなさい、ということだろう。今まで迂闊にも気づかずにいたが、捨てずに取っておいて良かった。

こちらへ戻って自分も妻や娘を巻き込んで挑戦してみたものの、懐かしい味の再現には苦労しているらしい。

「意外と奥が深いですね、カレーうどん」

うまくできた暁には娘に食べさせるのだと、相田は張りきった顔を見せた。

ホットカルピスを飲み終えた後、帰宅する未生を駅まで送ったついでに、ショッピングモール内のスーパーマーケットに寄った。

カートを押しながら、それとなく店内を見渡す。

いた。

緑色のエプロンをつけた大村剛史が働いている。この間は精肉売り場にいたが、今日は総菜に値引きシールを貼っていた。

店内にはクリスマスを意識した飾り付けがされ、軽やかな音楽が流れている。

尚美は剛史に悟られないよう、遠目から様子を観察した。

兄の尚久とは三つ歳が離れている。

その同級生なのだから、誕生日を迎えていれば三十五になっているはずだった。昔と比べ、多少背中は厚くなったようだが、体格はさほど変わっていない。が、老けた。短い頭髪には白いものが少し交ざっている。

ここからの距離では左手の指輪の有無までは確認できない。

正規職員なのか、それともアルバイトなのか。働いている姿からそれを判別するのは難しい。尚美がこの町へ異動してきて半年余り、めったにスーパーへ足を運ばないせいか、これまで遭遇したことはなかった。

果たして謙吉は知っているのだろうか。考えたものの、すぐに愚問だと思った。知っているに決まっている。〈喫茶ひまわり〉からこのスーパーまでは歩いていける距離だ。特売が何か把握するほど、しょっちゅう利用している。

それでも黙っていたのは、いずれ尚美も気づくと思っていたからだ。警察官なのだから、知りたいことは自分で調べろと、そういうことだろう。

声をかけようとしたら、他のお客に先を越された。クレームでもつけているのか、しばらく待っても話は終わりそうにない。

出直そうか。

スーパーを出て、その足で昭嶋署へ向かう。

本人と接触する前に、まずは大村剛史の近況を洗っておきたい。自席で端末を立ち上げ、データベースを検索した。

第三話　ルレクチェの肉巻き

1

「冬なのにアイスか」

昼食後、コンビニでアイスを物色していると、背後から野太い声で話しかけられた。

昭嶋署の先輩だ。

刑事課に所属している人で、見た目の厳つさとは裏腹に気さくで、顔を合わせるたびに何だかんだと構ってくれる。

「冬だけにアイスなんです」

「変わってるな。よけいに冷えるだろ」

両手をズボンのポケットに入れ、寒そうな顔をしている先輩は、ピザまんを買いにきたらしい。

「頭を冷やすにはちょうどいいんです。糖分補給にもなりますし。このところ課の空気が熱くてむんむんして大変なので、ちょっとアイスでクールダウンしようと思って」

「課の空気が熱いって、あれか。例の捜査で忙しいのか」

尚美がうなずくと、先輩は「だよな」とつぶやいた。

例の捜査とは、管内で発生している侵入窃盗の捜査のことだ。ここのところ、生活安全課のほぼ全員がその件で追われており、特に達樹は手柄を上げるチャンスだと、鼻息荒く張りきっている。

コンビニから戻ると、受付の前で女の人が右往左往していた。

署員が出払っているのかと思いながら近づき、ふと目が留まる。

暴れているわけでも、奇声を発しているわけでもない。ごく普通の女の人だ。歳は三十代後半くらいで、髪型は毛先を遊ばせたショートカット、耳には一粒ダイヤのピアスが光っている。

しかし、足下はぶかぶかの健康サンダルだ。

なるほど。

尚美は胸のうちでつぶやき、声をかけた。

「ご相談ですか？」

突然話しかけられて驚いたのか、彼女は手にしていたバッグを落とした。その拍子にキーホルダーが飛び出し、尚美の足下へ転がってくる。

「すみません、急に声をかけたりして。生活安全課の者ですが、よろしければお話を伺いましょうか」

キーホルダーを拾って手渡しながら笑顔を向けると、彼女は遠慮がちに口を開いた。

「お恥ずかしい話ですが、交通費を貸していただけませんか」

出かけたついでに銀行のＡＴＭでお金を下ろそうとしたら、財布を忘れていることに気づいたのだそうだ。

「どこへ行かれるのですか」

「自宅です。財布を持たずに出てきてしまって」

「つまり帰るお家はあるのですね」

「え？」

不思議そうに彼女は訊き返した。

「いえ。つまり、ご自宅へ帰る交通費を借りたいと。そういうご相談でしょうか」

「おっしゃる通りです」

彼女は恥ずかしそうに身をすくめた。

ここまではバスで来たそうで、最寄りは昭嶋署の前から出ている路線の五つ先の停留所だとか。

話を聞く限り、生活安全課に持ち込まれる相談事としてはライトだった。所定の書面に必要事項を記入してもらい、交通費を貸し出しすれば事足りる。

家に帰りたい。そう思えるのは幸せなことだ。生活安全課を訪れる相談者の中には、配偶者のＤＶで家にいられない人もいる。

「では、こちらへ」

尚美は彼女を椅子に座らせ、「借受願書」を差し出した。

氏名、住所、お金を借りなければならない事情等を記載し、警察から帰宅費用を借用するための書面である。

彼女が記入している間、尚美はアイスを冷凍庫にしまってきた。

受付に戻り、彼女の対面に腰を下ろす。

木村敦子（きむらあつこ）。

それが彼女の名前だった。丁寧な文字を書く。生年月日から計算すると、歳は尚美より六つ年上の三十八歳。佇まいや顔つきからは知的な印象を受ける。

その流れで自宅住所欄を見て、おや、と思った。

「ずいぶん遠いところにお住まいですね」

さっき自宅までの最寄りの停留所は、バスで五つ先だと話していたはずだが。

訊ねると、敦子は当惑した面持ちになった。ペンを持ったまま固まっている。

「自宅住所です。今日は新潟から来られたんですか」

住所欄を指で示すと、「あっ」と小さな声を上げる。

「すみません、間違えました。実家の住所と混同してしまって――」

言い訳をしながら、記載箇所にペンで二重線を引く。その上に書いた住所は都内だった。地名もここからバスで五つ離れた辺りのもので、言っていたことと一致する。

続く職業欄は無職だった。意外だと思う反面、そんな雰囲気でもある。経済的に余裕のある専業主婦と言われればうなずける感じだ。

敦子は左手の薬指に、プラチナのリングと細いエタニティを重ねていた。爪は短く切り揃えてある。

現住所と実家の住所を混同する。

引っ越し間もない時期ならあり得る。真向かいに警察官の尚美がおり、緊張感を与えている可能性も否定できない。これがサザエさんなら納得するが、敦子の場合引っかかる。話のどこかに嘘がある。

「スマホは持っていらっしゃらないですか？　近頃は交通系のＩＣカードアプリで決済する方も多いですけど」

「それも家に忘れてきてしまって――」

淡々と言う。

敦子は髪もととのえ、きちんと化粧をしていた。

バッグもかっちりした革製で、腕時計は古い歴史を持つメーカーのロゴが記されているところを見ると、足下の健康サンダルもお洒落に見えてくる――わけもなく、やはり不可解だ。

そもそも始めから話がおかしい。

財布とスマートフォンを持たずに出かけた。誰しもうっかりすることはあるが、普通は途中で気がつく。どうも妙だ。わざと嘘をついているのではないとしたら、病気か何かで物忘れをしやすくなっているのかもしれない。

「ここまで、どうやって来たんです？」

行きのバスを降りるときはどうしたのか。スマートフォンのアプリもなければ、運賃を払えなかったはずだ。

返事はない。頭の中でうまい言い訳を考えている、というわけではなさそうだ。敦子は肩を落とし、呆然としている。

「忘れちゃいました？」

「はい、すみません」

「困りましたね。詳しい事情を教えていただかないと、お金を貸せない規則になっているんです。どうにか思い出してください」

しばらく待ったが、敦子は口を開かない。

やはり事情を抱えているのだ。まあ、すべて順調にいっている人が警察に相談に来るわけもない。このまま待っていても埒が明かなそうだ。そんなときは――。

「藁に虻を括った若者と出会っちゃったとか？」

こちらから水を向けてみる。

敦子は虚を突かれた顔になった。

「わらしべ長者です。ひょっとして、お財布と藁を交換しちゃったのかと思って」

「……違います」

「じゃあ、森で置き去りにされて、やむなく小銭を道に撒いたとか」

「何でしたっけ、それ」

首を傾げ、敦子が自信なさそうにつぶやく。

「ヘンゼルとグレーテルです」

「……ああ。それも違います」

「だったら、――わかった。金の財布が欲しくなって、お財布を泉に投げちゃったんですね」

物語では鉄の斧を落としたことになっている。

ぷっ、と敦子が噴き出した。

「それは知ってます。『金の斧、銀の斧』ですよね」

「正解！」

「懐かしい、久し振りに思い出しました」

「わたし、試したことありますよ。近所の池で。斧は持っていなかったので、子ども用のシャベルを投げましたもん。女神、ちっとも出てこなかったですけど。あと、ヘンゼルの真似をして給食のパンをちぎって道端に撒いたら、カラスに追いかけられて、ひどい目に遭いましたよ。そういえば、ヘンゼルとグレーテルも危うく魔女に殺されかけましたよね。人の言うことを簡単に信じてはいけない、って教訓なのかしら、あの話」

「そうかもしれませんね」

敦子はくすくす笑い、肩を揺らした。

「わたしも『ヘンゼルとグレーテル』は好きでした。お菓子の家に住むのが夢で」

「同じく」

「刑事さんも？」

「もちろん。お菓子の家は全世界の子どもたちの夢ですよ」

「そうですよねえ」

敦子は遠い目をしてうなずいた後、尚美の顔を真正面から見た。

「わかりました。本当のことをお話しします」

「お願いします」

ヘンゼルとグレーテルを捨てようと言い出したのは継母(ままはは)だ。

兄のヘンゼルはそうと察し、森へ連れていかれたときに、パン屑(くず)を道に撒いて帰り道の目印にした。貧しさゆえとはいえ、継母に押し切られてしまう父親をヘンゼルとグレーテルは恨まない。どうにか知恵を絞って、家に帰ろうとする。

お菓子の家には憧れたが、尚美は『ヘンゼルとグレーテル』が嫌いだった。もし尚美がグレーテルなら家には帰らず、兄の尚久とお菓子の家に暮らすことを選ぶ。

「財布を持たずに出てきたというのは嘘です。持っているんですけど、中身が空なんです。行きのバスの運賃は交通系のＩＣカードで支払いました」

「便利ですもんね。スマホはお持ちじゃないんですか？」

「家に置いてきました。あまり使わないんです」

「そうですか」

今どき、ちょっと珍しい話ではある。

日常の買い物はスマートフォンアプリの電子決済でほぼ事足りるので、尚美も財布の中に現金はさほど持ち歩かない。裏返すと、財布は持たなくてもさほど困らないが、スマートフォンは必須だ。

「帰りも同じようにＩＣカードで支払うつもりでいたのですが、残高不足でバスに乗れなかったんです。チャージするのを忘れていて。仕方なくバスを降りて、銀行のＡＴＭへ行ったら、お恥ずかしいことに、そっちも残高不足で下ろせなかったんです」

ようやく話が見えてきた。

「他の銀行にもお金は預けていますが、手許(てもと)にキャッシュカードがないので下ろせないんです」

「それでご相談に来られたのですね。よく事情がわかりました」

「はい。ご迷惑をおかけしてすみません。家に戻ったら、すぐお返しにまいりますので」

敦子は交通費を受けとると、礼を言って出ていった。

もしも敢えてスマートフォンを家に置いてきたのだとすると、理由があるはずだ。たとえば、追跡アプリを入れられているとか。

署の廊下にぺたぺたサンダルの音をさせ、遠ざかっていく。その音を聞いたら、放っておけなくなった。

借受願書を手に自席へ戻り、ついでに冷凍庫からアイスを取ってきて、隣の席の達樹へ差し出す。

「何ですか、いきなり」

ノートパソコンを広げていた達樹が、片眉を上げた。

「はいこれ。あげる」

「いりませんよ。ぼく、間食しないので」

「期間限定なのに?」

「興味ないです。森山さんも間食しないほうがいいと思いますよ。太りますので」

サラダチキンを常備している達樹が、冷ややかな横目で尚美を見た。

「食べた分、運動するから平気」

「そのアイス、どれだけカロリーあるかわかって言ってます？　一時間走っても消費できませんよ」

「じゃあ二時間走るわ。その代わり、車出してくれる？」

「代わりって、何の代わりですか」

「いいから急いで。早くしないと、バスが出ちゃう」

気が急いてその場で足踏みすると、達樹がキーボードから手を離した。

「バス？　もしや事件ですか」

「そう、事件。今にも起きそうに、ぷんぷんにおってるわよ」

「なんだ。それなら、そのとき動きましょうよ。刑事は事件が起きてから仕事するものです」

あっさり興味を失ったふうに、達樹はふたたび画面へ向かう。尚美は横から手を出し、ノートパソコンの蓋を閉じた。

「――わかりましたよ。行けばいいんでしょ、行けば」

達樹はげんなりとした様子で立ち上がった。

「こうやって業務外の仕事に付き合わされるから、よけいな残業が増えるんだよな」

「業務外の仕事で終われば幸いじゃない。事件が起きてからでは遅いの。さ、行くわよ」

尚美は椅子の背にかけておいたジャケットを羽織り、右手にアイスと借受願書、左手にバッグを持って生活安全課を出る。

階段を下りると、達樹が急ぎ足に追いかけてくる。

「アイス持ってどこに行くんです」

署の表玄関を出てバス停へ向かうと、「は?」と達樹が間の抜けた声を上げた。見ると、その場で足踏みしている。

「車を出すんじゃなかったんですか」

「そうよ。停留所の後ろまで回してきて。さっき受付に来た女性を乗せるから。バス停に並んでる人よ」

停留所の前で敦子がぽつんと立っていた。平日の昼間とあって、他に並んでいる人はいない。尚美は小走りに近づき、声をかけた。

「よろしければご自宅まで送りますよ」

「──刑事さん」

「はい。生活安全課の森山尚美です」

ジャケットの胸ポケットから警察手帳を出し、あらためて提示する。

「すぐそこに車を回してありますので、一緒に乗っていきませんか」

「そんな。ご迷惑でしょうし、交通費をお借りしましたので」

「遠慮なさらないでください。借受願いは取り下げできますから。ちょうどご自宅の近くへ行く用事がありますし、ついでです」

「でも──」

「その靴だと、バスのステップに引っかかりそうですし」

尚美が健康サンダルを指差すと、敦子は顔を赤らめた。

「つい、間違えて履いてきてしまって」

「わかります。ついうっかり、ってやつですよね。サザエさん的な。でも、そのサンダル、男物でしょう。普通に歩いているだけでも、ぶかぶかして脱げそうですよ。転ぶ前の杖(つえ)と思って乗っていってください。そのつもりで同僚にも伝えてありますので」

達樹が車を回してくると、敦子は「でしたら、お言葉に甘えて」と消え入りそうな声で応じた。

いつものように尚美が助手席に座り、達樹が運転する。借受願書に書かれた住所をナビにセットして出発した。

「ここで食べる気ですか？」

さっそくアイスのパッケージを開けると、達樹が目を丸くした。

「当たり前よ。食べなかったら溶けるじゃない」

「どうして持ってきたんです。置いてくればいいのに」

「あなたにあげようと思って、冷凍庫から出してきたんじゃないの。出したものを今さら引っ込められないから、持ってきただけ。いいじゃないの、五分もあれば食べられるから。今さら一口欲しいと言ってもあげないわよ」

パッケージから出したアイスを見せびらかした。

「言いません。さっさと食べちゃってください。そんなことして遊んでると溶けますよ。ボタッといっても知りませんからね」

事件が起きる前に仕事をするのは億劫がるくせに、アイスは溶ける前から用心するのが几帳面（きちょうめん）な達樹らしい。

後部座席から、くすりと笑い声がした。

「すみません、うちの者が騒がしくて」

首を捻り、敦子に詫びると、運転席で達樹がぼやいた。

「騒がしいのはどっちだ」

聞こえよがしなぼやきを無視してアイスにかぶりつき、「うわ」と尚美はつぶやいた。

「何これ。おいしすぎる。さすがフランツ」

「誰ですか。――って、はいはい。どうせザッハですよね」

「どうしてわかったの」

「そりゃ、わかりますよ。見えてますから」

尚美が食べているのは、ザッハトルテのアイスだ。

ハーゲンダッツのバーアイスは表面を砕いたナッツ類で覆われたものが多いが、期間限定のこれはつるんとしている。これがザッハトルテの特徴だ。

「知ってる？　フランツがザッハトルテを初めて作ったとき、十六歳だったらしいわよ」

「さぞや小生意気な若造だったんでしょうね」

「いいじゃない、天才なんだから。十六で、しかもまだシェフの見習いの身でザッハトルテを生み出したなんてすごいわよね。ザッハトルテといったらチョコレートケーキの王様だもの」

「否定はしませんが、そこは森山さんが自慢するところですか」

「お菓子の家を作るとしたら、屋根はザッハトルテにするわ」

「いつものことながら話が飛びますね。お菓子の家が何ですか?」

運転しながら達樹が目を剝く。

「王様の家って感じがするじゃない」

「誰が王様です。お菓子の家じゃなかったんですか」

「木村さんならザッハトルテをどこに使います?」

後部座席を振り返ると、敦子が笑っていた。

「そうですね。屋根もいいけど、わたしなら壁にします」

「壁か。それもありですね。チョコとアプリコットジャムをサンドにして、その下に固い板チョコを貼りつければ、丈夫さも担保できそう」

「できませんよ。虫がたかるだけです」

無駄話をしている間に、敦子の住まいに到着した。

築年数は経っているようだが、煉瓦張りの立派なマンションだ。タワーマンション

のようにふんぞり返った印象ではなく、クラシカルで品が良い。お菓子の家が子ども
の夢なら、こちらは大人の夢だ。
とすると、この家にいるのは気の弱い父親と意地悪な継母なのだろうか。

エントランスでチャイムを鳴らすと、すぐに応答があった。

「どこへ行っていたんだい」

心配の色をありありと滲ませた男の声が聞こえてきた。

「今日は通院日じゃないよね。急にいなくなるから心配したよ」

「ちょっと買い物に出かけてたの」

インターホン越しに答え、こちらへ顔を向ける。

「夫です」

「――あれ、お客さん？」

カメラに尚美と達樹が映ったのだろう、敦子の夫が怪訝そうに問う。

「警察の方よ」

一瞬の間が空いた。

「……スマホを忘れて出かけちゃって、帰りのバスに乗れなかったから、ここまで送

っていただいたの」

「そうだったんだ。すぐに開けるよ」

オートロックが解錠される音がして、エントランスの自動扉が開いた。敦子と一緒にエレベーターで住居フロアへ向かう。

「すみません、妻がご迷惑をおかけしました」

チャイムを鳴らす前に、内側からドアが開いた。

敦子の夫は眉も目も垂れた、優しげな面差しの人だった。白いシャツにVネックのカーディガンを羽織り、ウールのスラックスを穿いている。前髪を額に垂らしているせいか、妻の敦子より五、六歳年下に見える。三十二の尚美と同じくらいだろうか。

「どうぞ、どうぞ。お礼にお茶でも飲んでいってください」

リビングへ通され、ソファで達樹と並んで座った。

床も家具も焦げ茶色でシックな雰囲気だ。座り心地もすこぶるいい。マンションと同様、値の張るものだろう。一見したところ、満ち足りた夫婦の家だ。が、どこかに違和感はないかと、失礼にならない程度に室内を見渡す。

尚美と達樹はそれぞれ昭嶋署生活安全課の警察官と名乗り、警察手帳を示した。敦子が帰りの交通費を借りにきたこと、たまたま近くへ来る用事があるので、同乗させてきたと尚美が説明すると、ようやく夫は愁眉を開いた。

　夫は浩之さんというのだそうだ。歳は敦子の四つ下の三十四だとか。腰が軽く、お茶を用意してくれた。

「わあ、おいしい」

　一口飲んで、思わず感嘆の声が出た。

「それは嬉しい。黒豆茶なんですよ。体が温まるので、寒くなるとよく飲むんです。妻は冷え性なので」

　傍らで敦子が目だけで笑った。

「これを使ったら？」

　浩之は立ち上がり、ブランケットを持ってきて敦子に渡した。

「ありがとう」

「疲れた顔をしてるけど、大丈夫？　少し休んできてもいいよ。ぼくがちゃんとお二人にお礼を言っておく」

「でも――」

「また風邪を引いたら大変だろう？　もうインフルエンザが流行り出してるみたいだから。気をつけないと。さあ、寝室へ行こう。一時間くらいしたら起こしてあげるよ」

「わかった。じゃあ、部屋で休む。——あの、ありがとうございました」

敦子が腰を上げ、あらたまった調子で頭を下げた。浩之が寝室まで送っていく。部屋を出ていくとき、敦子は物言いたげな顔でこちらを振り向いた。

「甲斐甲斐しいわね」

リビングで二人になってから、尚美は言った。

「羨ましいんですか？」

「どうかな。わたしは、どちらかというと尽くす派だし」

「よくそんな堂々とした嘘がつけますね」

今のところ結婚願望はない。それ以前に交際相手はおろか、好きな人もおらず、仕事中心に生きていることを不満や疑問とは思っていない。

「あなたはどうなの」

「まあ、ちょっとは羨ましいですかね」

「えっ」

「驚くところですか。ぼくだって、たまには甲斐甲斐しく世話をしてもらいたいですよ。仕事のときは世話をする一方なんですから」

達樹がぼやいたところへ浩之が戻ってきた。

「では、わたしたちはこれで。おいしいお茶をご馳走さまでした」

尚美は立ち上がり、頭を下げた。

「こちらこそ、お世話をおかけしました」

浩之が玄関まで見送りに来た。

「あの――」

「はい？」

「ひょっとして、お金のこと以外にも、妻は何かご迷惑をおかけしましたか」

心配そうなまなざしで、尚美と達樹を交互に見る。

「迷惑なんてかけられていませんよ。奥様とは少し家の設計についてお話をしたくらいで」

「家の設計？」

「ええ。どんな家が理想か、とか。屋根や壁の建材についての意見交換を少々」

「そうですか」

訝しげにつぶやき、浩之が顎を撫でる。

「警察の方がわざわざ自宅まで送ってくださったのは、一人で自宅へ帰れないと判断したからではないですか。──その、妻は病気なので」

「特に理由はありませんよ。たまたま、こちらへ来る用事があったので声をかけたんです。ご病気でしたか。ちっとも気づきませんでした」

「妻は記憶障害があるんです」

思いきったように浩之は言った。

やっぱり。

意外ではなかった。玄関先に揃えてある健康サンダルを眺めながら、そういうことかと腑に落ちた。

借受願書に実家の住所を記したのもその影響だろう。あるいは銀行口座が残高不足になっていたことも。そこまで重症ではないが、症状が出ると混乱して外出中に道で迷うこともあるのだそうだ。

「だから今日みたいに、黙って出ていかれると心配なんです。今日はスマホも家に置いていきましたし」

確かに敦子はスマホを持たずに出かけたと、自分でも話していた。

「あと一時間待って帰ってこないようなら、警察へ連絡するつもりでした」

「そうでしたか。手間が省けましたね」

「おかげさまで助かりました」

「いつもお家で付き添っていらっしゃるんですか」

「そうです。うちは夫婦二人ですので」

安易に同情するのも失礼な話かもしれないが、それはかなり大変だろう。

記憶障害を引き起こす病気も様々だが、たとえばアルツハイマー病はその典型だろう。尚美に介護の経験はないが、知識としては知っているし、生活安全課にも患者の家族から、「目を離したら家を出ていってしまった」と連絡が来ることはよくある。

「お仕事との両立もご苦労でしょうね」

「ええ、まあ」

「どんなお仕事をされているんですか？」

「普通の会社員ですよ」

それにしては平日の昼間に家にいるが、近頃は在宅勤務を取り入れている会社も多い。営業職や販売といった人と直接会う必要がある仕事でない限り、自宅のパソコンから社内システムにアクセスできれば何の問題もないのかもしれない。

話が終わると、浩之は三和土(たたき)へ降りてきてドアを開けてくれた。まるでホテルのドアマンさながら、恭(うやうや)しい一礼と共に尚美と達樹を送り出す。

「では」

もう来ないでください。にこやかな顔に、そう書いてあった。


車に戻った後、尚美はつぶやいた。

「胡散臭(うさんくさ)いご主人だったわね」

「そうですか？」

意外そうに達樹が言う。

「感じの良い方だったじゃないですか。黒豆茶も淹れてくれたし。『わあ、おいしい』って、はしゃいでましたよね？」

「黒豆茶はおいしかったけど。単なるおもてなしでしょ」

「親切なおもてなしですよ。あのご主人のどこが気に入らないんです」

「うーん」

シートベルトをつけながら考えた。

「どうして親を切ると書いて〈親切〉なのかしら」

「さあ。辞書で引いてみたらどうですか」

「そうね。調べといて」

一瞬、達樹がこちらを見て、目を剝く。

親切だったが、あの部屋はどうにも居心地が悪かった。

うっかり眠ったら、部屋に閉じ込められてしまいそうだ。魔女に上等の食事を与えられて太らされ、危うく食べられそうになったヘンゼルみたいに。

2

浩之と出会ったのは三十二のときだ。

敦子が所属していた建設部に、浩之は中途社員として入ってきた。

一流大学の建築学部卒の肩書きがある上に性格も良く、部のみんなに好かれていた。

誰かがコピー機を詰まらせたら、ぱっと席を立って手伝いにいき、重たい荷物が届いたときには率先して受け取りにいく。そういうことを当たり前にできる人だった。

けれど、敦子は浩之を敬遠していた。自分の劣等感を刺激されるせいかもしれない。

敦子は美大のデザイン学科卒で、入社当時は建築の知識がまるでなかった。

新人時代はさんざん苦労して、一念発起して専門学校に通い、数年かけて二級建築士の資格を取得した。

しかし努力家の反面、協調性に欠けると上司にたびたび指摘された。自分の仕事に没頭すると周りが見えなくなる癖があり、社内に仲の良い同僚はいなかった。可愛げがないから先輩には受けが悪く、後輩には怖がられる。そのせいで自分にはない美点を持つ浩之が鼻についたのかもしれない。

彼は建築学部を出ているだけではなく、持ち前の人なつっこさを武器にたちまち部内へ溶けこんだ。入社して十五年余り、公式な歓送迎会しか声のかからない敦子と違い、同僚たちにもよく飲みに誘われていた。おまけに父親は会社を経営しており、何不自由ない身の上だった。

地方出身で人付き合いの下手な敦子から見たら、浩之はひたすら眩しい存在だ。迂闊に近寄ると、嫉妬で火傷しそうになる。だから近づきたくなかった。

まるでイソップのきつねだ。

自分には手が届かないから、あんなのは酸っぱい葡萄だとうそぶいて自分を守る。さぞ感じが悪かっただろうに、コミュニケーション力の高い浩之はこちらの塩対応をものともせず、にこにこと近づいてきた。

「これ、使ってください」

急な雨に降られて困っていれば、すっとあらわれて折りたたみ傘を差し出す。

いくら「大丈夫です」と遠慮しても、「ぼくは会社に置き傘をしていますので」と引かない。それなら、と借りていったが、実際には浩之は濡れて帰ったのだ。置き傘をしているというのは方便だった。

その翌日、浩之は風邪を引いて会社を休んだ。そのせいで大事な打ち合わせに穴を開け、代わりに敦子が出席することになり、彼が雨に濡れて帰ったことを知った。

後日、出社してきたところを捕まえたら、謝られた。

「却ってご迷惑でしたね、すみません」

浩之はひたすら恐縮していた。先輩の敦子に尻ぬぐいさせたことが応えたらしい。

そのときも苦手意識は消えなかった。むしろ強まったくらいだ。なぜって浩之には謝る理由などない。風邪を引かせたのは敦子だ。

代わりに打ち合わせへ出席することくらい、何ともない。恐縮しなければならないのはこちらのほうなのに何なの、と偽善のにおいを感じ、さらに距離を置いた。

が、しばらく経ったある日。

敦子は休日に偶然、町中で浩之を見かけた。ぶらぶらと歩いてきて、駅の駐輪場で自転車が将棋倒しになっているのを見て駆け寄り、一人で起こしはじめた。

道行く人々が浩之をちらりと見て、しかし助けずに去っていく。敦子も遠目から眺めているだけだった。

やがて自転車の持ち主らしい年配の男が来て怒り出した。浩之が倒したと誤解したのだろう、「どうしてくれる」とぶつぶつ言っている。

見過ごしても良かったが、さすがに気が咎めて敦子は出ていった。

「違いますよ。その人はただの通りすがりです」

誤解が解けると、年配の男は態度をやわらげ、一緒に手伝って自転車を起こした。その場の流れで、敦子も手伝った。

年配の男が去って駐輪場に二人で残されると、浩之は「じゃあ」と会釈して、その場を立ち去ろうとした。

「待って」

思わず呼び止め、勢いで食事に誘った後、自分で自分に驚いた。

連れていったのは気軽な雰囲気の居酒屋だ。

食事は楽しかった。浩之の選ぶ話題にはどれも棘がなく、気軽に笑い合えた。この人をなぜ頑なに疑っていたのか、自分でもよくわからない。こちらが誘ったのだからご馳走すると、お礼にと自宅前まで送ってくれた。

「いいマンションですね。もしかして分譲ですか？」

「中古なのよ。わたしの力では、新築なんてとても」

「自分で買ったんですか？　すごいなあ」

マンションを見上げて感心した声を出したものの、浩之はあっさり帰っていった。二十三区内にある立派な家に住んでいる彼からすれば、敦子が買った中古マンションなど羨む対象ではない。罪のないお世辞だ。育ちがいいから褒めてくれただけだと、自分を戒めた。

なのに、敦子はその日を境に浩之を意識するようになった。どういうわけか浩之も同様らしく、程なくして付き合い出した。

恋人同士になってからも、浩之は変わらず親切で、浮気を心配するような出来事もなく、穏やかに仲を深めていった。

浩之と一緒にいると肩肘張らずに済んだ。

必死に頑張らなくとも、たとえば季節の花が咲いたとか、雨上がりの空に虹を見つけたとか、日々の暮らしには些細な喜びを見つけられることに気づく。そんな感じだ。恵まれた育ちをしているからか、浩之はのんびりとしていた。

その影響を受け、敦子も良い意味で肩の力を抜けるようになった。雰囲気が変わったと言われ、仕事にもいい影響が出た。周囲とうまく協調できるようになると、大きな成果がついてくる。その結果、願っていた昇進も果たせた。

「おめでとう。すごいね」

浩之は気持ち良く祝福してくれた。

大したことない。以前の敦子なら、そう答えていたところだ。

子どもの頃から褒められるのが苦手だった。どういう顔をしていいかわからず、その場から逃げたくなる。

でも、浩之には自然に「ありがとう」と返せた。

そのとき、初めて結婚を意識した。

頭では考えないようにしていたのに、付き合いが深まるにつれ、一緒になりたいと願うようになった。

人当たりがきつく、周囲に敬遠されがちな性格がずっとコンプレックスだった。そんな敦子を浩之は可愛いと言う。真面目な努力家で尊敬できると褒められると、まるで自分の価値が上がったように思える。

いい人に出会えた。

浩之といると、敦子は自信を持てた。この人と一緒なら自分らしくいられる。

そう信じていられたのは結婚したときまでだ。

3

遠くで人の声が聞こえる。

プールでもぐっているときに、水の外で喋っている人の声みたいに、ぼんやりと波打って響く。眠気が差すのは薬の副作用だ。うとうと昼寝をしているような心地で耳を澄ませるうちに、段々と声が近づいてきた。水から顔を出したみたいに、ふと音がクリアになる。

気がつくと、知らない喫茶店にいた。

テーブルにつき、お茶を飲んでいる。目の前には素朴な色合いの湯飲み茶碗(ちゃわん)が置かれ、甘い湯気を立てている。

「さあ、どうぞ」

対面に座っているのは昭嶋署生活安全課の警察官だ。

促され、湯飲み茶碗を両手で包み込んだ。一口啜ってつぶやく。

「……おいしい」

「お口に合って良かった」

声を追って顔を上げると、尚美が柔らかな表情でこちらを見ていた。

「うちでもよく飲むんです、これ」

「ジャムティーですか。一般的には紅茶ですけど、ほうじ茶で淹れてもらいました。そのほうがカフェインを気にせず飲めますもんね。わたしも好きですよ。ジャムが甘くておいしいし、温まるので」

曖昧(あいまい)にうなずき、敦子はもう一口啜った。

ほうじ茶にジャムを入れて飲むなんて、うちの実家くらいだと思っていた。田舎(いなか)の父の顔が頭に浮かび、胸に悲しい影が落ちる。

甘酸っぱいお茶を啜りながら考えた。

いっそ、ここがお菓子の家ならいいのに。この人が魔女で自分を殺してくれれば、全部終わりにできる。

尚美が訪ねてきたのは、初めて会った日の十日後だった。

リビングで浩之と争っているところへ入ってきて、ナイフを取り上げた。まるで悪い夢を見ているみたいだった。

その後、浩之と引き離され、敦子は警察車両に乗せられた。連行されるものと覚悟していたのに、なぜか尚美とこうしてお茶を飲んでいる。

ひょっとすると、今も夢の続きを見ているのかもしれない。

多発性硬化症と診断されたのは、まだ二十代半ばで若手だった頃だ。

ものが二重に見えるようになったのが、最初にあらわれた症状だった。

資料の数字を見誤り、上司にミスを指摘されることが増えた。

建設という仕事の性質上、数字の間違いには神経を使う。一度ならまだしもミスが二度、三度続くと、周囲の目も厳しくなる。

疲れているのではないかと、上司には休暇の取得を勧められた。

しかし、数日休みを取っても、仕事に戻るとまた同じようなミスを繰り返す。そのうち新規取引先の依頼図面の作成時に大きな失態をやらかし、上司の指示で医師の診断を受け、病気が判明した。

多発性硬化症は炎症によって神経細胞を覆っている髄鞘（ずいしょう）が壊れ、体のあちこちに病変ができる自己免疫疾患だ。病変の部位によって症状は異なり、視覚障害や痺（しび）れ、運動麻痺（まひ）などを引き起こす。

敦子の場合、まずは視神経に症状が出た。ものが二重に見えるのは顕著な特徴らしく、診断後はすぐに投薬治療を開始した。

しばらく休職したものの、速やかに治療を始めたのが良かったのか、程なく症状は軽快し、仕事に復帰できた。

それから十年余り、何度か再発と寛解を繰り返した。発症の都度、休職して会社に迷惑をかけたが、戻ってこられた。昔と違い、今は再発予防薬もある。うまく病気と付き合い、寛解状態を長く維持できるケースも増えているらしい。

とはいえ、多発性硬化症は完治することのない病気だ。多くは再発と寛解を繰り返すうちに、体の障害が徐々に進行し、悪化していく。

付き合い始めてすぐ、浩之には病気のことを話した。

多発性硬化症は国から難病指定されている疾患で、常に発症のリスクをはらんでいる。最初の発症から十年から十五年で、二次性進行型と呼ばれるフェーズに入り、再発していない状態でも体の機能障害が進行していくことがある。悪化すれば歩行障害を生じ、歩く速度が遅くなり、やがて杖や車椅子を使う生活になることもある。

将来のことを考えると、結婚するのは怖い。今のうちに別れたほうが良ければ応じる。そう伝えた。

話を聞いた浩之は、その場で敦子にプロポーズした。

「ぼくが家族になって支える。一日も早く結婚して一緒に住もう」

「その場の勢いで言っているなら、よしたほうがいいわよ」

「違うよ。ぼくは敦子を支えたいんだ」

「少し頭を冷やして。情に流されて結婚を決めると後悔する」

敦子は拒んだが、浩之は受け入れなかった。

結局、押し切られる形で結婚した。

「もし再発したら別れましょう」

そう約束した上で夫婦になった。

どうせ空約束だと、浩之は高を括っているようだったが、敦子は本気だった。

そのつもりで事実婚の形を取った。一緒に暮らしているのも、敦子が独身時代に中古で買ったマンションだ。そこへ浩之が越してくる形で、結婚生活を始めた。

子どもを作るつもりはないし、家具や荷物もなるべく増やさないよう、敦子の手持ちのものをそのまま使った。

結婚生活は概ね順調だった。お金の管理は個別にすることにして、生活費はそれぞれの給与に合わせ、敦子が六、浩之が四の割合で負担した。「もっと出せると思うよ」と言われたが、遠慮した。

マンションは中古で安く手に入れたもので、ローンは完済している。昼間は会社に行っているから光熱費も大してかからない。浩之は一級建築士を目指し、仕事をしながら専門学校へ通っていた。お金はその費用に充ててほしかった。

が、結婚の翌年、敦子の病気が再発して事情が変わった。

しかも今度は明らかに症状が進行している。ものが二重に見えることに加え、歩くのが大儀になり、ひどく疲れやすくなった。怖れていた二次性進行型への移行と医師に診断されたことを受け、敦子は言った。

「約束した通り別れましょう」

症状が進めば、いずれ仕事をするのも困難になる。会社に相談して残る道もあるだろうが、周囲に迷惑をかけてまで居座るのは辛い。先々のことは心配だが、自分なりにけりをつけたいと考えた。

浩之とのこともそうだ。別れるのは辛いがこちらから身を引こう。その可能性を踏まえ、籍を入れずに事実婚の形を取ったのだ。

最初は浩之も拒まなかった。すぐに首を縦には振らなかったが、目の前に迫った介護に覚悟が決まらなかったのだろう。

しかし、しばらくして——。浩之は急に言ってきた。

「ぼくは別れないよ。これを機に籍を入れよう」

結婚して初めて、浩之と意見が分かれた。

「別れるんじゃなかったの？」

「反省したんだ。ぼくは冷たかった。心細いのは敦子のほうなのに、一瞬でも迷ったことが恥ずかしいよ」

程なくして、浩之は会社を辞めてきた。

「これからは敦子の看護に専念する」

「専門学校はどうするの」

びっくりして訊ねると、浩之は涼しい顔で言った。

「それもやめるよ。今は資格どころじゃないだろ？　気にしなくていいよ。その気になれば試験はいつでも受けられる」

そういうことか。

敦子は浩之が意見を翻した理由に思い至った。彼は試験勉強の難しさに音を上げたのだ。会社も自ら辞めたのではなく、契約期間の満了だった。

浩之は中途入社してきたときから契約社員だった。敦子との結婚を機に他の部署へ異動していたが、仕事ぶりは聞いていた。

人はいいが、業務能力は今ひとつ。それが浩之の評価だった。

建築学部を卒業していても建築士の資格は持っていない。宴会では座持ちが良く、場を盛り上げるのは得意だが、いざ仕事の話を出すと業務知識の乏しさが露呈する。こつこつ実務経験を積めば、いずれ業務知識もついてくるが、根気に欠ける浩之にはそういうことができない。

敦子の会社では、契約社員は五年間の勤務を経て、双方の合意があれば、正社員へ登用されるのが暗黙の了解になっているが、業務能力が期待値に届かず、浩之は登用を見送られたのだ。

「今日からずっと、ぼくが家にいるから。安心していいよ」

いつもの顔で笑った浩之に、敦子は笑みを返せなかった。

安心できるわけがない。

「生活費はどうするつもり？　わたしだって、いつまで働けるかわからないのに」

「会社は病気を理由に正社員を切ったりしないよ。もっと楽な部署へ異動させてもらえるよう頼めばいい。寄らば大樹の陰だよ」

それが浩之の本音だった。

敦子は会社に、浩之は敦子に頼る。

優しい浩之は、誰より自分に優しい。

付き合いを深めていく途中、薄々そのことに気づいていながら、親切にほだされ、目をつぶってきた結果がこれだと敦子は悟った。

以降ずっと、悪い夢の中にいるような気がする。


「退職した？」

病気を理由に会社を辞めると、浩之はポカンとした顔になった。

「そんな大事なこと、どうして前もって相談してくれないんだい。退職してこれから先、いったいどうするつもり？」

自分が代わりに働こうとは露ほども思っていない顔で、浩之は敦子に問うた。

「ひょっとして家で仕事をする当てでもあるのか？　それより上司へ頭を下げて復職させてもらったほうがいい」

「そんなの無理よ」

「だったら、どうするんだ。まさか、ぼくの実家を当てにしているんじゃないだろうね。期待しないでくれよ。父の会社は経営が傾いているんだから」

投薬治療を受けながら、こんな話し合いをするのはきつかった。

家にいても気が休まらず、敦子は睡眠障害を発症した。眠れない日々が続き、頭が朦朧とするようになると、どうして結婚したのか自分でもわからなくなった。

日々の暮らしにはお金が掛かる。

贅沢をしなくても、みるみる貯金が減っていく。公共料金の引き落としの日が近づくと、動悸がして眠りが浅くなる。寝ても覚めてもお金のことばかり考えているうちに、次第に浩之の存在に耐えられなくなった。

「お願いだから出ていって」

「嫌だよ、ぼくたち夫婦だろ」

「再発したら別れると、結婚前に約束したでしょう」

「そんな約束、ぼくは知らない。敦子は病気のせいで記憶が混乱しているんじゃないかな」

どんなに頼んでも、浩之は出ていかなかった。

敦子が退職する直前、父親の会社が不渡りを出したのだ。立派な実家も手放すことになったらしく、浩之は帰る家を失った。それで敦子の貯金を当てにして居座ったのだ。出会った当初、苦手意識を覚えたのは、こういう浩之の狡さを無意識に感じ取っていたからなのかもしれない。

記憶障害が出てきたことは、浩之にとって都合が良かった。

敦子が何を言っても、のらりくらりと躱し、こちらの記憶違いのせいにする。そのうち生活費の口座が空になると、浩之は敦子に定期預金を解約してほしいと迫った。無断で通帳を持ち出し銀行の窓口へ行ったこともあるようだが、本人ではないからと言って断られたと、臆面もなく言った。

それだけではない。

浩之は敦子に無断で婚姻届を出そうとした。

書類を用意し、いつどうやって書かされたのかも憶えがないが、敦子に署名捺印させて役所に行ったようだ。

しかし、届出は受理されなかった。

こうなることを怖れ、敦子自身が弁護士に相談して、婚姻届の不受理申出をしていたのだった。

「ただいま」

役所から戻ってきた浩之は、いつものにこやかな顔で言った。

「はい、これ。届いていたよ」

郵便受けから取ってきたのか、浩之は白い封書を顔の前でひらひらと振った。敦子が受けとろうと手を伸ばすと、腕を高く上げて取らせまいとする。

「君はやっぱりすごいね、用意周到で。ぼく、ほっとしたよ。復職の話はもういいから。おかげで、ぼくも安泰だよ」

届いたのは保険会社からの控除証明書だった。

預貯金を守るので精一杯で、保険のことを忘れていた。

事実婚だと相続人にはなれない。もし自分に万一のことがあったとき、せめていくらか残せたらと、敦子は新入社員時代に入った生命保険の受取人を法定相続人から浩之に変更していたのだ。

「良かったら、お代わりいかがですか」

個性的な髪型のマスターがやって来た。

天然なのか、あるいはパーマか、見事な白髪がふわふわと頭を覆っている。指揮者とか大学教授といった、やや浮世離れした雰囲気がある。

さっきと同じクリーム色の湯飲み茶碗と豆皿が二つ、テーブルに並んだ。ほうじ茶の香ばしいにおいに誘われ、会釈して湯飲み茶碗へ手を伸ばす。

「いただきます」

冷たい指先を温めるよう、湯飲み茶碗を両手でくるむ。

磁器を通じて伝わってくるぬくもりにほっとする。

甘さとほろ苦さが入り交じるこのお茶を飲むと、どうしても実家を思い出す。

甘党の父の好物で、子ども時代からよく飲んでいた。もっとも当時はロシアンティーもどきと呼んでありがたがることもなかったが、疲れているときはジャムの甘さが効く。

大通りから一本入った通りにあるせいか、この店は静かだ。

耳を澄ませると、葉鳴りの音がする。庭木が風で揺れているのだろう。ずいぶん久し振りに聞いた。まるで田舎の家でくつろいでいるような気持ちになり、またうとうとと眠気に誘われた。

――そんなことしてると、また冷めるぞ。

浅い夢の中で父の声がした。

――寒いならヒーターをつけなさい。頭寒足熱は結構だが、無理をして風邪を引いたら元も子もない。大体、前もって準備をしていないから、直前に慌てる羽目になる。試験の日程はあらかじめ決まっているんだ、計画を立てて勉強すればいいだろう。

父の声がもっともな正論を説いている。

「わかってるわよ。次の試験ではそうするから」

思わず言い返した後、敦子は口を閉じた。

またおかしなことを口走ってしまった。父さんの声がするわけがないのに。もう実家を出て二十年近く経っているのだ。

豆皿の一つには柿ジャムが添えてあった。

スプーンで掬ってなめてみる。柿を煮詰めた濃い味が口いっぱいに広がり、うっとりとした心地になった。舌の上にジャムを残したまま、ほうじ茶を飲む。

――うまいだろ。それが本場ロシアでの飲み方なんだ。

得意気に笑う父の声が耳に響く。

「飲みにくい」

本当はおいしいと思っているのに、反発して口答えする。

ジャムをスプーンに載せて口に含むなんて、友だちは誰もやっていない。

田舎者の父のこと、きっと勘違いしているのだ。

ロシアンティーと言えば紅茶だ。ほうじ茶を使っている時点で怪しい。柿ジャムを入れるのも変だ。普通はいちごジャムを入れるのではないのか。友だちもみなそう言っている。

――いいじゃないか、柿は滋養があるんだ。何よりうまいだろ。

「まあね」

確かに柿ジャムはおいしい。それは認める。

が、大袋入りのほうじ茶を急須で淹れ、湯飲み茶碗で飲むのも、そこへ裏庭の柿の実で作った手製の柿ジャムを入れるのも貧乏くさい気がする。

どうせなら、デパートに売っている缶入りの紅茶がいい。そこに市販のいちごジャムを入れて飲んでみたいのだ。

父は小さな金物工場で働く職人だった。

朝から晩まで手を真っ黒にして働き、一人娘の敦子を養っている。

紅茶ではなくほうじ茶を好むのは、単にそのほうが安いからだ。市販のいちごジャムを買わないのも同じこと。柿なら裏庭に生えているから、ただで手に入る。

敦子に母の記憶はない。

物心ついた頃より、ずっと父と二人暮らしだった。幼い敦子を置いて、母が出ていったことは近所のおばさんたちに聞かされて知った。古いアルバムにも母の写真はなかった。

おそらく父は娘には地元で進学し、そのまま就職してもらいたかったのだと思う。が、敦子は東京の大学へ入ることを望んだ。

学力的には地元の国立大学へ進む選択肢もあったが、敦子は東京の美大を受験したかった。入学志願者の倍率が高く、合格する可能性は低かったが挑戦した。幼い頃から父の仕事を間近で見て育ち、自分も将来は物を作る仕事につきたいと思っていたのだ。

地元では、敦子に母がいないことを周囲はみな知っている。

事情を知る教師は家庭訪問の場で、いつも父が男手一つで懸命に子育てをしている苦労をねぎらった。近所のおばさんたちも同じだ。井戸端会議をしているところへ通りかかると、挨拶ついでに父の様子を訊いてくる。その後、必ずこう言う。

――男手ひとつで子育てをして偉い、将来は敦子ちゃんが親孝行して恩返ししないとね。

父が頑張っていることはわかっている。

近所のおばさんたちは鬱陶しいが、親孝行したいとも思っている。

でも自分の夢を諦められず、内緒で美大を受験したら、敦子は奇跡的に合格した。

進学の相談をした美術の先生も、快挙だと手放しで褒めてくれた。

てっきり喜んでくれると思ったのに、父は首を傾げた。敦子が美大進学を希望していることも初耳だったのだろう。が、父は志望理由を問わなかった。

——好きにしろ。

それだけだった。反対しない代わりに、祝福もしない。てっきり学費の心配をしているのかと、敦子が奨学金を申し込むつもりだと言っても、父は返事をしなかった。

三年間こつこつ努力して、学費のことも自分で考えて。高校生なりに精一杯、頑張ったつもりでいたのに、父はちっとも褒めてくれない。美大だからだろう。田舎者の父が、そんなところを出て将来どうするつもりなのだと言いたいことは想像がついていた。

しかし、敦子は大学を卒業したら、新潟へ戻るつもりでいた。美大で培った技術を活かし、地元企業に入って伝統工芸の世界で働く。デザイン学科ならば就職先に困らないことは事前に調べてある。実家を出るのは四年間だけ。でも、父の顔を見たらそれも言い出せなくなった。

どうせ、説明したところで頭の固い父に通じるはずがない。

これも酸っぱい葡萄だ。誰より父に褒めてもらいたくて、でも「おめでとう」の一言もないのが悲しくて、父を悪者にした。そうやって自分の心を守ったのだ。

ろくに話をしないまま卒業を迎えた。

引っ越しの前夜、父は仕事で遅くまで帰らなかった。敦子は一人であり合わせの夕食を済ませ、風呂に入って泣いた。

次の日、敦子が起きたときには、父は既に仕事へ出かけていた。

新幹線の駅でぎりぎりまで待ったが、父は見送りにこなかった。自室の机の上には封筒が置いてあった。中には二十万円入っていた。それで身の回りのものを整えろと言うのだろう。一緒に上京して、選ぶつもりはないようだった。

以降、敦子は一度も実家に帰省していない。四年間、きちんと仕送りはしてもらったが、父が東京へ娘の様子を見にきたことはない。それならば、と大学を卒業した後も、意地を張って東京で就職した。

一年に一度かせいぜい二度、電話で様子窺いをするだけで、盆暮れにもまったく顔を出さずここまで来た。

父は今年で七十になる。

もう古希を迎えた高齢者だ。そのことは、なるべく考えないようにしている。

我が儘で実家を出た手前、難しい病気を患っていることも隠していた。

最後に連絡したのは一年前のことだ。

思いきって電話をかけ、結婚したい人ができたと打ち明けたら、父は大喜びしていた。念願の「おめでとう」も言ってもらえた。

なんだ。

敦子は思った。

こんなにあっさり喜んでくれるのか。

大学受験のときの反応を思うと、肩透かしを食った気にはなったが、それでも父を安心させてやれたことは嬉しかった。

その日、突然帰省した敦子を、父はルレクチェの肉巻きを用意して待っていた。狭い台所に立ち込めていた甘い香りを今も憶えている。

父は家庭科の授業で敦子が手縫いしたエプロンをつけ、二口コンロの前に立っていた。

ルレクチェの肉巻きは、毎年冬の初めに父が作ってくれるご馳走だ。牛肉で完熟のルレクチェをくるんで焼き、醬油と砂糖を煮詰めた甘辛いタレを絡ませたもので、果肉のみずみずしさと肉の旨味が混ざり合ってとびきりおいしい。

芳醇（ほうじゅん）な香りととろけるような甘さで知られるルレクチェは、この時期だけ口に入る新潟の名産だ。生産量が少ないために、世間では〈幻の洋梨〉とも称されている。

「ほら、できたぞ」

ルレクチェの肉巻きをテーブルに置き、敦子を手招きする。

「早く来ないと、父さんが食っちまうぞ」

昔より老けて小さくなった父が、目尻に深い皺を寄せて笑っている。

「食べていいの？」

「当たり前だろう。敦子のために作ったんだ」

父がおかしそうに笑う。

県内の名産といってもルレクチェは高い。少なくとも、敦子の家では気軽に食べられるものではなかった。父が買ってくるのは疵（きず）のついたB級品で、それも古くなって市場で赤札をつけられた代物だ。肉巻きの作り方は、市場の人が教えてくれたらしい。熱を通してしまえば、少々傷んでいても平気だからと。

それでもルレクチェはおいしい。生のままではもちろん、濃厚な果肉を肉巻きにすると最高においしい。

「せっかく帰ってきたんだ。作り方を覚えていけ。旦那さんにも食べさせてやるんだろう？」

久し振りに会う父は、めっきり皺深くなっていた。白髪も増えた。心なしか背丈も縮み、背も丸まったようだ。そのとき初めて後悔した。意地を張って、実家を遠ざけたりしなければ良かった。父はもう老人だった。あと何度顔を合わせられるかと思うと、胸が詰まって肉巻きの味もよくわからなかった。

「敦子」

夢うつつに父の声を聞いた。

また夢を見ている。ここのところ眠りが浅いせいか、薬が効き過ぎて困る。次の通院のときに伝えて、少し減薬できないか相談しよう。

実家の夢ばかり見るのは、それだけ心が弱っている証拠だ。病気になり、結婚相手選びにしくじり、里心がついている。

やっぱり地元で就職すれば良かった。そうすれば、今頃は別の人と結婚して、子の一人や二人、産んでいたかもしれない。もし病気が再発して敦子が先に死んだとしても、孫に囲まれていれば、父は賑やかな老後を迎えることができたのに。

「馬鹿。縁起でもないことを言うものじゃない」

ひときわ厳しい叱責が耳を打つ。

「だって……」

言い訳をしようと口を開き、敦子はまばたきした。涙でぐもった視界の向こうに父がいる。

「お父さん――」

「敦子」

「お父さんなの？」

こんなにはっきり見えているのに、まだ信じられない。

もう一度まばたきをすると、涙が落ちて視界がよりクリアになった。

本当に父だ。夢じゃない。昔と同じようにループタイを締め、袖の長い背広を着込んでいる。

いったい何が起きたのかと辺りを見回すと、尚美と目が合った。

「来てくださったんですよ。新潟から」

そう説明されてもわからない。なぜ父がここにいるのか。

ひょっとして、自分は逮捕されたのだろうか。喫茶店に連れてこられた気がしていたが、本当は留置場にいるのかもしれない。

父は警察から事情を聞き、慌てて訪ねてきたのではなかろうか。

きっと娘の敦子が殺人未遂の現行犯として捕まったと連絡が行き、新潟から飛んできたのだ。

4

「どうぞ、お嬢さんのお隣に座ってください」

尚美が父の背中に手を添え、テーブルへ案内した。

居心地が悪そうな様子で近づいてきて、椅子を引く。緊張しているのか力が入り、椅子の脚で床が大きな音を立て、しまった、というふうに口を開ける。

「ヘンゼルとグレーテルですよ」

わけがわからず黙っている敦子を見て、尚美が微笑を浮かべた。

「えっと――」

「もう悪い魔女はいなくなりましたから、安心して肉巻きを召し上がってください。後の始末はうちの木こりにさせますので、ちゃんと家に帰れますよ」

「誰が木こりだ」

先日、警察車両を運転していた男性が嫌な顔をした。尚美の相棒の警察官だ。文句を言いながら当然のように尚美の隣の椅子を引き、腰を下ろした。一緒に肉巻きを食べるつもりらしい。

「まあでも、本当に安心してください。ご主人は逮捕しました。これで別れられるんじゃないですか」

浩之は、敦子を刺そうとした傷害の現行犯で逮捕されたのだ。

法律婚に持ち込むのが無理だと悟った浩之は、敦子が加入している生命保険の受取人が自分だと知り、早くその日が来るよう願っていたのだろう。いや、自らその機会を作ろうと目論(もくろ)んでいたきらいもある。

その日はすぐに訪れた。

ベランダへ布団を干しているところへ背後から忍び寄り、片足を持ち上げた。薬の副作用で頭がぼんやりしていた敦子は気配に気づかず、危うく布団と一緒に下へ落ちかけた。

悲鳴を上げると、浩之は敦子を抱きかかえ、「心配いらないよ」と耳許(みみもと)で囁(ささや)いたのだ。

「ぼくが一生ついてるから」

ぞっとして鳥肌が立った。

明らかな脅しだった。下手をすると本当に殺されかねない。

受取人の変更手続きをしようにも、浩之は敦子のパソコンとスマートフォンを取り上げていた。保険会社から届いた控除証明書も隠された。

勝手に外出できないよう、玄関のドアに徘徊防止用の内側からは開けられない鍵を取りつけられ、敦子はやむなく浩之がスーパーへ買い物に行った隙に、ベランダ越しに隣人の主婦へ声をかけた。

近所でも、外面のいい浩之は好かれている。

「夫が間違えて家の鍵を持ったまま、出かけてしまって――」

怪しまれないよう嘘をつき、ほとんど空の財布を手に、隣人の家の玄関から外へ出た。健康サンダルを履いてきたことに気づいたのは、昭嶋署に着いてからだった。尚美の目線を辿り、あっと思った。

そして今日。

浩之とリビングで争っているときに、尚美と達樹が駆けつけてきた。

やはり隣人に声をかけ、ベランダ伝いにやって来ると、ガラスを割って部屋へ飛び込み、小型ナイフを握りしめていた浩之を逮捕した。

おかげで敦子は命拾いした。警察官の勘の良さには感謝しなければならない。

でも。

敦子は尚美の顔を見た。

「いいんでしょうか」

「ん？」

二人とも思い違いをしている。

浩之がナイフを手にしていたのは、たまたま敦子が落としたのを拾ったからだ。

病気で手が痺れていなければ、敦子が浩之を刺していた。そのつもりで、子ども時代に鉛筆を削るのに使っていた鞘付きの小型ナイフを、常にポケットへ忍ばせていたのだ。

浩之は見通しが甘く、面倒なことを先送りにする癖がある。

正社員に登用されなかったのはそのせいだ。敦子を本気で殺すつもりなら、もっと早く、就寝しているときに枕で顔を押さえつければ済むのに。

「まあ、運が良かったと思ってください」

ふいに尚美が真顔になった。

「今回はご主人がナイフを所持していたので捕まえましたけど。調べれば出てくると思うんですよね」

「何ですか？」

「あなたの指紋」

まっすぐな目が敦子を射貫く。

この人はすべて承知しているのだ。その上で、釘を刺された。

運が良かったから未遂に終わっただけで、あと一歩、先へ踏み出していたら危なかった。

浩之も保険金だけで諦めるべきだったのだ。それ以上の欲を出そうとするから、先を越されて痛い目に遭う。

婚姻届が不受理に終わった後、浩之が成年後見人の手続きを進めていることには気づいていた。病気で記憶障害が出ているからと油断して、敦子の手が届くところに書類をしまっておいたのがいけない。

馬鹿なんだから。

手錠を嵌められ、達樹に引きずられるように連行されていった浩之の姿を思い出すと、胸が痛む。暗い目をして、頬を引きつらせていた。のんびりした空気をまとい、穏やかに笑っていた彼とはまるで別人で、そのことに衝撃を受けた。

付き合いはじめた当初から、浩之が敦子を利用しようと目論んでいたのかどうか。

今となっては本人に確かめる術もないが、違うと信じたい。弱いところはあったが優しい人だった。「すごいね」と褒めてくれる言葉に嘘はなかった。

ただ、浩之は落胆したのだろう。

期待していた正社員になれなかったことに。学業成績に優れ、周囲にも親切に振舞う自分に会社が報いてくれず、傷ついたのだと思う。父の会社が倒産したことで焦りもあったはずだ。

浩之は敦子が妬ましかったのかもしれない。

病気になってもなお、会社は敦子を守った。地方出身でコネもなく、同僚にも不人気の妻が自分の追い出された場所にいる。そのことが許せなかったのかもしれない。お互いに酸っぱい葡萄だった。

浩之は敦子を傷つけ、追い詰めることで、期待を裏切られた胸の痛みを癒やしたかったのだろう。

腹立たしいが、気持ちはわかる。

敦子自身、期待に応えてくれない父を恨んでいたから。

いつも浩之には「すごいね」と褒めてもらってばかりで、こちらは返していなかった。

口には出さなかったが、彼は彼で傷ついていたのかもしれない。どうして自分を認めてくれないのかと。別れることに迷いはないが、一度くらいルレクチェの肉巻きを作っても良かった。

「冷めないうちにいただきましょうか」

尚美が両手を合わせ、箸を取った。

「わたし、思うんですけど。ヘンゼルが石やパンを撒いたのは、帰り道の目印のためだけじゃない気がするんです。お父さんが捜しにこられるよう、わざと痕跡を残したとも考えられますよね」

「そんな解釈は聞いたことがありません。ただの目印ですよ。いちいち童話で行間を読むのは止めてください」

傍らの達樹が冷めた声で言う。

「でも、わかります」

敦子が口を挟むと、「ほら！」と尚美が嬉々(きき)とした顔になった。

「大事なパンをちぎって道に撒いたら、普通は叱られますもんね。父親の気を惹くために、やったのだと言われれば、そんな気もします」

「でしょ？」

「ちょっと、ぼくには理解しかねます。お父さんはどうですか」

「いや、そういう難しい話はどうも――」

　突然話を振られ、父は狼狽(ろうばい)して頭をかいた。

　慣れない背広で、わけのわからないたとえ話をする警察官と向かい合い、気後れしているのだろう。

「ちっとも難しい話じゃないですよ。ただの無駄話ですから。大体、ぼくはあの話が嫌いなんです」

　達樹が切って捨てると、さっそく尚美が突っ込んだ。

「どうして？」

「兄妹(きょうだい)が甘くて見ていられないんです。だって、お菓子の家ですよ？　そんなものがあるわけないことくらい、ちょっと考えればわかるじゃないですか」

「あるんですよ」

　思わず口を挟み、父を見た。

「わたし、子どもの頃に作ってもらいましたもん。ね？　お父さん」

「いや、あれはそんな大した代物じゃない」

父は照れて白髪頭をかいている。

「謙遜しないで。本当に作ってくれたんだから」

道理で、と思った。尚美にお菓子の家の話をされたとき、すっとチョコレートの壁が頭に出てきたのは、子どもの頃に作ってもらったからだ。

といっても、ザッハトルテの屋根の家とは違う。

父が工場から鉄の板の余りをもらってきて、作ってくれたのだ。壁は茶色いフェルトで、屋根は緑色のやすり紙、窓ガラスには半透明のセロファンを貼ってあった。まだ小学校に入る前の思い出だ。保育園でヘンゼルとグレーテルの絵本を読んだ敦子が、お菓子の家が欲しいとせがんで作ってもらった。

そういえば、あのときにもほうじ茶のジャムティーを飲んでいた。あーん、と口を開けたところへ、柿ジャムを載せたスプーンを入れてもらったことが懐かしい。

――甘いねえ。

父の作るジャムは、柿の濃い味がした。

紅茶ではなく、ほうじ茶を飲ませられていたのは、子どもの体にカフェインは良くないせいだろう。さっき尚美が言っていたのを聞いて、今さらながら悟った。

「ねえ、父さん。わたし、帰ってもいいかな」

そう考えると、申し訳ない。

結局、奨学金はもらわなかった。父がちゃんと学費を貯めてくれていたのだ。

おかげで敦子は憧れの美大で精一杯学ぶことができた。近所の人からはきっといろいろ言われていたに違いないけれど、父はそんな気振りを見せなかった。

地元にも帰らず、病気に罹り、挙げ句、夫と揉めて警察沙汰まで起こしてしまった。

親不孝もいいところだ。

「好きにしろ」

父の返事はぶっきらぼうだった。

「自分の家なんだから、いつでも帰ってくればいい」

怒っているのかと思いきや、違った。父は箸で肉巻きをつまんだまま、下を向いて口を震わせている。

「……東京には負けるが、新潟にも良い病院はある」

尚美の顔を見ると、黙ってうなずいた。病気のことを父に話してくれたらしい。

「ごめんね」

「どうして謝る」

「せっかく東京へ出してくれたのに。中途半端に舞い戻って、父さんに恥をかかせちゃうよね。結婚も駄目になったし、無職だし。その上――」

病気になっちゃって。

打ち明けようとした途中で喉が窄まり、声が出なくなった。うつむくと、父がためらうように嗄れ声で言う。

「何も心配しねえで、父さんとこに帰ってくればいい。お前は父さんの娘なんだ」

がさがさした父の手が敦子の髪を撫でた。大きくて硬い、でも温かい職人の手。子どもの頃から、この手に守られてきた。

「……うん」

きつく目を閉じて堪えたが、やっぱり涙が出てきてしまった。

しばらくの間、下を向いて洟を啜っていると、ふと足の上に柔らかなものが乗ってきた。目を開けると、真っ黒な丸いまなこがこちらを見上げている。

「ピリカ、出てきちゃったの？」

尚美が呆れ声で言う。

足を踏んでいるのは犬だった。

カフェオレみたいな明るい色の毛に覆われて、ぷくぷくした体つきをしている。

「あなた、ピリカちゃんっていうの？」

訊ねると、うー、と唸る。

とはいえ、機嫌は良さそうだ。興味津々に瞳を光らせ、ふんふん鼻息を噴き上げている。

「すみません。お話の邪魔をしましたね」

マスターの奥さんが小走りに来て、ピリカの傍らにしゃがんだ。ざっくりしたニットにダンガリー素材の長いスカートを穿いている。潔い銀髪のショートカットがよく似合う、小柄な人だ。

「奥で昼寝をさせていたんですけど、出てきてしまって――。犬は平気ですか？」

「はい、平気です」

「それなら良かった。中には苦手な方もいるので気をつけているんですけどね。この子、自分でドアを開けちゃうんです」

ハスキーな声できびきびと喋るのが、耳に心地よかった。

「ドアを自分で？　すごいですね」

「いたずらっ子なんですよ。泥棒みたいな顔でしょう。こう見えて、女の子なんです。ね？　ピリカ」

言いながら、犬の頭に手を載せる。目尻にくっきり寄る皺が何とも良い感じだ。

「わん」

「何ていう犬種ですか」

これまで飼ったことがないから、敦子はあまり詳しくない。

フレンチブルドッグに似ているようだが、どうだろう。ちょっと違う気もする。

「ペキニーズだな」

父が奥さんより先に答えた。

「そうです。よくご存じですね」

「なんで父さん、知ってるの？」

「工場長のところで飼ってるんだ。色はもう少し濃いけどな。あそこの嫁さんが毎日散歩させてる」

「へえ、そうなんだ」

「帰ってきたら見せてもらえ」

敦子が地元に住んでいた頃には、こんな珍しい犬など見なかった。犬を飼っている家はあったが、せいぜいチワワか柴犬くらい。離れているうちに地元も変わったのだ。

それにしても泥棒とは。

女の子だというのに、ひどい言われようだ。

確かに口の周りだけ毛が黒く、漫画に出てくる泥棒みたいだが、ユーモラスで愛らしい。離れた丸い目やつぶれた鼻も、その下にちらりと覗く小さな牙も愛嬌（あいきょう）たっぷりだ。

そのとき庭に面した入り口から、若い女の子が二人入ってきた。

「こんにちは。——わっ、可愛い！」

チェックのプリーツスカートを穿いた制服姿の女の子と、ダッフルコートを着た私服姿の女の子だ。外を歩いてきたせいか、二人とも頰が赤い。ピリカを見て目をきらきらさせている。

「可愛いでしょう。先週うちの子になったの」

尚美が二人に説明する。どうも知り合いのようだ。

カウンターの前のスツールに並んで腰かけ、マスターと奥さんに挨拶をしている。

「先週まで、近所の動物病院で一時保護してもらっていたんだけどね。多頭飼いでパンクしたブリーダーのもとから救い出したのよ、この子はアレルギーがあって里子に出すのが難しくて。この店で引き取ることにしたんです。ね？　謙吉さん」

カウンターの向こうでもしゃもしゃ頭のマスターがうなずく。

「まだ子どもだから、自分がひどい環境にいたこともあまり記憶にないみたいで、すぐに馴染んでくれました。今ではもうこの通り」

マスターの謙吉が傍らを見る。ピリカは奥さんの腕にしっかり摑まり、舌を出している。

「うちへ来てまだ一週間ですけど、もう立派に〈ひまわり〉の看板犬です」

自分の噂をされているのがわかるのか、ピリカが耳を立てた。こちらの話に耳を澄ませているのだろう。

「ピリカちゃん、というのはどういう意味ですか？」

制服姿の女の子が訊いた。

「アイヌ語で『可愛い』という意味なんですって。ぴったりでしょう？」

「ええ、本当に」

尚美の言葉に、ダッフルコートの女の子がうなずく。

この子は運がいい。ここへ来るまでは苦労したかもしれないけど、そんな名をつけてもらえるなんて、幸せになることが保証されているようで羨ましい。

でも。

父を見て思う。わたしもたぶん、ずっと可愛いと思われていたのだ。

＊

敦子と父親を自宅マンションへ送り届けた後、ピリカの散歩に行った。

どういう風の吹き回しか、達樹もついてくるという。

「腹ごなしに歩くには良い季節ですよね」

「そう？　冷気で眼鏡が曇ってるわよ」

「人気（ひとけ）のない道を、女性一人で歩かせるわけにいきませんので」

「平気よ。これでも警察官なんだから。柔道だって白帯だし」

「駄目じゃないですか」

ははは、と笑いかけ、達樹は慌てて眼鏡を外し、ハンカチでぬぐった。尚美の軽口に反応したのが悔しいのだ。

眼鏡をかけ直して言う。

「でも、良かったですよね」

「何が『でも』よ」

「あの人が捕まらずに済んで。ぼくたちが駆けつけるタイミングが少しずれていたら、今頃、取調室で向かい合っていたかもしれない」

　達樹もわかっているのだ。

「もう大丈夫だと思うわ。お父さんもついていらっしゃるし」

「ですね」

　自分に言い聞かせるように、達樹は短く相槌を打った。

「見えないと思いますけど、ぼくも地方出身なんです」

「見えるわよ。長野出身なんでしょう？」

「といっても市内なんで、言うほど田舎じゃないですけどね。さっきのお父さん、ちょっと似ているんですよ。うちの祖父ちゃんに。だからかな、今日は尚美さんを見直しましたよ」

　普段はどう思っているのかと言いたいところだが、まあいい。しれっと尚美さんと名で呼んだのも聞き流しておく。

「事件を未然に防ぐことは大事ですね」

「当然」

「まあ、警察の仕事かどうかは別ですけど。この年末、もし休みが取れたら帰省しようと思って」

「いいんじゃない」

「尚美さんは？」

さりげない調子を装い、達樹が訊ねてきた。

「帰らないわよ。この子がいるし。ね？　ピリカ」

「うー」

ピリカは振り向かず、唸り声で応えた。と、電柱の前で足を止める。達樹が「あちゃー」と言い、手で額を叩いた。ピリカが踏んばっている間、尚美は何気なく続けた。

「うちは両親と不仲でね。ずっと実家に帰ってないの。兄さんが高校のときに事件を起こして、それ以来うまくいかなくなっちゃって」

「——へえ」

「何よ、その言い方。もう少し、大人の相槌が打てないわけ？」

笑いながら横を見ると、達樹はいつになく神妙な面持ちをしていた。彼なりに尚美を慮（おもんぱか）ってくれているみたいだ。

「どんな事件ですか」

「傷害」

ストレートに答え、ピリカの用足しの後片付けをした。

「そうですか」

「あまり驚かないのね」

「驚きましたよ」

硬い面持ちでつぶやいた後、達樹は遠い目をして下唇を突き出した。

「でも、まあ尚美さんがやったんじゃなければ。――そうですよね？」

「当然でしょ」

「どうだろ。やりかねないけどな」

上目遣いで言い、にやりと笑う。

「手伝いますよ」

達樹はその場にしゃがみ、ポリ袋を取り出した。

兄の尚久の話をしたのはこのときが初めてだった。何となく聞いてもらいたい気がしたのだ。ひょっとすると、そういう身内がいるだけで敬遠されるかもしれない。以前なら、そう思っていたのだけれど。

大丈夫みたいだ。この相棒は、そんな色眼鏡で尚美を見たりしない。

「そういえば」

ふと思い出した。

「あれ調べた？　親切がどうして親を切ると書くか――」

言いかけて尻切れとんぼになった。

署から連絡が入ったのだ。管内でまた侵入窃盗が発生したという。

第四話 ピーターラビットのパイ

1

どうして、この人がここにいるのだろう。

白髪の男があらわれた途端、紀恵(のりえ)はギクリとした。

喫茶店で無料で弁護士相談ができると聞いて来たのに、なぜ判事が出てくるのか。

よく似た別人ではない。鳥の巣じみた頭髪には確かに見覚えがあった。記憶ではもっと黒かったように思うが間違いない。あちらも紀恵を見て、おや、という顔をしている。

「失礼いたします」

膝の上に載せたバッグを掴み、立ち上がった。無料の謳(うた)い文句に釣られ、のこのこやって来たのが間違いだった。

ヨリ子が水を運んでくるのが視界の端に映ったが、構わず出ていこうとすると、判事に引き止められた。

「どこへ行くんです。お手洗いですか」

相変わらず声が大きい。

ときを経て髪はすっかり白くなったが、声楽でもやっているのかと言いたくなるような、艶（つや）のあるバリトンは健在だ。

「いえ、帰るんです。何かの間違いだと思いまして」

「ふむ。どんな間違いです」

「無料法律相談というから、てっきり弁護士先生が出てくると思ったんです。でも違ったみたいですわね」

紀恵が抗議すると、判事は大きくうなずいた。

「違いませんよ。わたしが弁護士です。判事は定年で退官いたしましてね。ご覧のように喫茶店のマスターをしながら、今は弁護士をしております。いかがです、わたしでは相談相手として不服ですかな？」

鷹揚（おうよう）な笑みを浮かべ、こちらを見る。

まさか不服と言われるわけがないと信じ切っている顔だ。相変わらず鼻持ちならない。

「キャンセルいたしますわ」

「ほう」

「こちらからお願いしましたのに恐縮ですけれど。では——」

「残念ですな。せめてコーヒーを飲んでいかれたらどうです。相談者が来るというから、さっき豆を挽(ひ)いたんです。自分で言うのも何ですが、わたしの淹れるコーヒーはうまいですよ」

判事は紀恵の返事を待たず、カウンターに戻った。

コーヒーで引き止められると思われるとは、ずいぶん安く見積もられたものだ。

判事をしていたくらいだ、人の気持ちを読むのには長(た)けているだろうに、なぜ嫌がっていると気づかないのかしら。

矢地(やじ)謙吉。

あらかじめ名前を聞いておけば、端(はな)からここへ相談に来なかった。

無料相談を受けつけしている弁護士は他にもいるし、珍しい名字だから、すぐにピンときて避けられた。

ヨリ子もヨリ子だ。人に薦める以上、責任を持って弁護士の名前くらいあらかじめ伝えておくべきだろう。まあ、そんな厭味を言っても通じそうにない人だけど。

「そうなさったら?」

水を運んできたヨリ子が人の良さを丸出しにした顔で言う。

「結構よ。コーヒーはあまり飲まないの」

「あら。わたしと一緒にパートをしていたときは、休憩時間にいつも飲んでいらしたじゃない。久し振りに紀恵さんと一緒にコーヒーをいただくのを楽しみにしていたのよ」

やむなく紀恵は浮かせていた腰を下ろした。そんなことを言われては断れまい。

「……いただいていくわ」

「そう来なくちゃ。謙吉さん、とびきりおいしく淹れてくださいね」

「もちろんですよ」

謙吉がカウンターから鼻歌混じりに応じる。

弁護士をしているとは知らなかったが、考えてみれば六十五の紀恵より七つか八つ年上だったから、判事を退官する年齢を迎えていたわけだ。

いくらか老けたが、姿勢の良さは昔のままだ。

イギリス紳士のようなツイードのジャケットに身を包み、中にタートルニットを合わせている。

昔、紀恵が会ったときは白いワイシャツにグレーの背広だった。

ベートーヴェンを思わせる独特な髪型には、普通の背広よりツイードのジャケットのほうがしっくりくる。弁護士というより、それこそイギリスのドラマに出てくる大学教授みたいだ。年配者のカジュアルは得てして無粋に傾くものだけれど、上背のある謙吉には意外に似合っているのが何となくおもしろくない。

こちらは流行遅れのワンピースに、毛玉のついたカーディガンを羽織ってきた。謙吉に会うと知っていれば、もう少しいい格好をしてきたのに。箪笥の中にはオーダーで作ったスーツやワンピースが山ほどあるのだ。昔の洋服は生地も上等なものを使い、丁寧に仕立てていたから今でも十分に着られる。

気後れして目を伏せると、タイツに穴が開いて親指の先が覗いているのが見えた。支度のときに気づいたのだが、どうせ靴を履くのだからと新しいものには取り替えずそのまま履いてきたことが悔やまれた。

まあいいわ。こうすればわからないでしょう。紀恵はそっと親指を丸め、穴を目立たないよう隠した。

程なくして、いい香りが漂ってきた。

豆から淹れるコーヒーはずいぶん長いこと飲んでいない。専業主婦だったときには、好みの豆を手動のミルで挽いて飲んでいたものだが、自分一人のために手間をかけるのは味気なくて止めてしまった。

「マスターのコーヒー、本当においしいのよ」

「あらそう」

さっき本人に「謙吉さん」と呼びかけたのを、紀恵は聞き逃さなかった。いやに親密な響きだったのが気になる。

ヨリ子とは、前に勤めていたパート先で知り合った。歳も同じくらいでともにバツイチ、お互いに触れられたくない過去がある点が共通していることで親しくなり、パートを辞めた今も交流がある。

ここへ相談に来たのもヨリ子の紹介だった。

アルバイト先に弁護士がいると教えてもらい、話をつないでもらった。まさかその弁護士が謙吉だとは意外だったが、今になればうなずける。ここなら犯罪歴のあるヨリ子も自分の過去を隠さずに済む。

「暖房を少し弱めたほうがいい？　少し暑いかしら」

紀恵の顔を見て、ヨリ子が心配そうな面持ちになった。

「いいえ、平気よ」

口ではそう答えたものの、思いがけず謙吉と再会した驚きで、紀恵は汗をかいていた。水を飲んでごまかし、顎を引いて涼しい顔をこしらえる。

パートは性に合わず、すぐに辞めてしまった。

子育てが終わって時間に余裕ができ、気まぐれに仕事を始めてみたものの、パート先は意地悪な人ばかりで嫌になった。ヨリ子と違い、紀恵には持ち家と分与してもらった蓄えがあり、無理をして働く必要はないから構わなかった。

ちゃんと大学を出て就くような仕事ならともかく、誰でもできる単純作業をするパート先で、お友だちになれるような人と知り合うのは難しい。ヨリ子にも金銭感覚など「えっ」と思うようなところはあるが、彼女はおとなしくて付き合いやすいから、まあ許容範囲のうちだ。

日頃の付き合いはメールが中心で、顔を合わせたのは久し振りだった。

ヨリ子はいつ見ても変わらない。男みたいな白髪頭も、化粧気がないのも前と同じだ。せめて黒く染めていれば見られるものを、そのままにしているのが毎度のことながら気になった。美容院に通う余裕がないなら、せめてホームケアでもして小綺麗にすればいいのに。今度教えてあげようかしら。

「ここの仕事はどこで見つけたの？　ハローワーク？」

「マスターに声をかけてもらったのよ」

どういうこと？

元判事と何の繋(つな)がりがあるのか気になって、その先を訊ねようとしたら、謙吉がカウンターから出てきた。

コーヒーを紀恵と自分の前に置く。

「どうぞ、まずはいただきましょう」

こちらへ手のひらを差し出し、目を細めて笑う。

別れた夫なら、紀恵に勧める前に飲んでいるところだ。

外面は良いが、家では横柄な人だった。そもそも、あの人ならコーヒー豆の蘊蓄(うんちく)を語ることはあっても、自分で淹れたりしない。紀恵に命じて淹れさせるだけだ。もし離婚せず、あの人と一日中、家で顔を突き合わせていたらと思うだけでぞっとする。

紀恵はカップに手を伸ばし、そっと口をつけた。

ふうん、悪くないわね。

一応喫茶店のマスターなのだから、当然といえば当然だが、高いお金を取って、香りも味もない熱いだけの代物を出す店もたくさんある。

「うん。我ながらうまい」

謙吉はつぶやき、目尻に皺を寄せた。

「ヨリ子さんがおっしゃった通り、淹れ方がお上手ですわね」

「そいつは嬉しい。コーヒーをうまく淹れるのは、簡単そうで意外と難しいものなんです」

当たり前のことを無邪気に自慢するものだ。紀恵は苦笑いを堪えて目を細め、鷹揚さを意識しつつ探りを入れてみた。

「旦那さんがコーヒーを淹れてくださるなんて、奥様はお幸せですこと」

「あいにく独り身です。だいぶ前に死に別れまして」

「さようでしたの。それは失礼いたしました」

やもめと踏んだ、紀恵の勘が当たった。

妻がいれば、こんな道楽をさせるものか。

判事だったら退職金もかなりの額をもらえる。悠々自適に暮らせるというのに、都下のこんな奥まった路地で、七十を過ぎて喫茶店のマスターになることはない。

「こちらのお店は、いつお始めになられたんです」

「三年前の夏です。役所を定年になって、時間ができたのを機に思い立って」

「落ち着いた雰囲気で素敵ですわね。大通りから一本入ると、駅前でも静かでいいわ」

静かすぎてお客さんもいないみたいだけど。

こっそり胸のうちでつぶやく。

「その分、人通りも少ないですよ。あまり儲からないので、ついでに弁護士をやっております」

はは、と謙吉は笑った。

「元判事の先生が何をおっしゃいます。ご本業は弁護士でいらっしゃいますでしょう」

「いやいや、本業は喫茶店のほうです。弁護士は、まあ趣味みたいなものです。なので、相談料もいただきません」

「えっ」

「その代わり、相談に来られた方には、ここで食事をしていってもらうようにしています。喫茶店が本業ですので」

「はあ……、そうですか」

「今日はよろしいですよ。まだお昼まで時間もありますし。一回目の相談ですので、コーヒー代も無料です。ぜひお代わりもしていってください。初回限りのサービスです」

ゆったりとした口振りで言われ、拍子抜けする。

「もちろん、趣味といっても本物の弁護士ですのでご安心ください。そういうつもりで、店に〈ひまわり〉という名をつけたんです。このバッジにちなんで」

謙吉は自分の胸元を指差した。

なるほど、ひまわりの花を象(かたど)ったバッジがついている。

弁護士は趣味。

どこまで本気かわからないが、高い報酬を請求されることはなさそうだ。

一瞬喜びかけて、はっと身を引き締める。

でも、それを盾に手抜きをするつもりじゃないでしょうね。もしそうなら、他の弁護士を当たったほうがいいかもしれない。趣味だなんて、遊び半分で相談を受けられてはこちらが迷惑する。

無駄足だったろうかと、紀恵は目の前の元判事を見た。飄々(ひょうひょう)とした表情は腹の内が読みにくく、何とも判断がつかない。

コーヒーを飲んだら、どこか別の部屋へ移るのかしら。知り合いの耳のあるところで、込み入った話などしたくない。と、考えていたら、いつの間にかヨリ子の姿は消えていた。法律相談が始まる前にそっとカウンターの向こうへ席を外したらしい。

これなら安心して話ができる。

「先生。そろそろ本題に入ってもよろしいですか」

居住まいを正すと、気配を察したのか謙吉がうなずいた。

「ご相談したいのは、息子のことなんです」

「確か剛史くん、でしたかな。ご長男の」

切り出すと、謙吉が顔を引き締めた。

即座に名前が出てきたことに内心驚いた。歳を取っても、やはり元判事。関わった少年の名を今でも憶えているらしい。

「そうです。剛史のことでちょっと——その、犯罪絡みで心配なことがございまして」

犯罪と口にした途端、謙吉の目がすっと細められた。

「お話しください」

「ええ」

うなずいたものの、いざ話を始める段になって怖じ気づいた。

ここへ来るまでは剛史の名を出さず、一般的なこととして相談するつもりだった。が、謙吉が相手では「息子のことで」と曖昧にぼかしようもない。

紀恵は目顔で促され、仕方なく先を続けた。

「このところ、市内で侵入窃盗が何件か起きておりますわね。先生、ご存じでいらっしゃいます？」

「ええ、承知しておりますよ。この近所でも先日一件、発生しましたのでね。で、それが？」

「ひょっとして、うちの息子が関わっているのではないかと思いまして」

「関わるというと、具体的にはどういうことです」

「もちろん犯人だと疑っているわけではないんですのよ。ただ――」

どうしても気になる。

直接の犯人ではないとしても、何かしら関わりを持っているのではないかと疑っている。言うなれば母親の直感だが、何と説明したら通じるか悩ましいところだ。

「あの子が犯人に利用されているようで心配なんです」

「つまり、剛史くんが犯人に利用される格好で、事件に巻き込まれているのではないかと心配されているのかな」

「ええ、おっしゃる通りです」

そう、事件に巻き込まれていると言いたかったのだ。

自分の抱えている恐れを謙吉がうまく表現してくれたことに、紀恵は満足して身を乗り出した。

「犯人ではなくても、罪に問われることはあるでしょうか。たとえば、息子が知らないうちに仲間へ引き入れられていたりしたら、共犯罪に問われたりするのかしら。しませんよね？　うちの子は何も悪いことをしていないんですもの。共犯にされたら困ります」

「まずはご存じのことをお話しください」

「大丈夫ですよね？」

話す前にその確証を得たかったが、謙吉は無表情でこちらを見返すばかり。腹が立って睨みつけたが、何の効き目もなかった。

「わかりました」

はあ、と聞こえよがしにため息をついて言う。

斜め向かいの家が侵入窃盗にやられたのは、三カ月ほど前のことだ。

病院へ行くので留守にしている間にやられたのだという。箪笥預金を盗まれたと、本人から聞いた。

その家に暮らしているのは八十代の老婦人で、ご主人が数年前に亡くなった後は一人暮らしをしている。

車で四十分ほど離れたところにいる娘夫婦が、ときおり週末の休みを利用して様子を見にくるが、侵入窃盗にやられたのは平日の昼間だった。

留守にしていた間の犯行ゆえ、老婦人は犯人の顔を見ていない。

あいにく紀恵も用事があって出かけていた。

近所には他に三十代の夫婦と、五十代の夫婦と娘の世帯もあるが、昼間は仕事や学校で自宅を留守にしている。紀恵のところにも警察が来て、怪しい人物を見ていないか訊いていったが、今のところ、犯人は捕まっていない。

そればかりか、似た事件が続いて起こっている。

一連の侵入窃盗については新聞にも載った。横浜に住んでいる娘の朱里（あかり）も心配して電話をかけてきて、近々様子を見にくると言っている。

「失礼ですが、以前と同じところにお住まいですか？」

「ええ、そうですわ」

紀恵はうなずいてから、付け加えた。

「と申しましても夫とは離婚しましたので、今はわたし一人ですけれど。以前と同じ家に住んでおります」

蛇足と思いつつ説明する。名字が当時と違うのだから離婚したことは想像がつくはずだ。そもそも夫婦仲が壊れた原因の一つは、目の前の元判事にあると紀恵は思っている。

「すると、息子さんや娘さんは独立されたのですな」

「はい。剛史は大学卒業後に家を出て、娘の朱里も五年前に。結婚いたしまして」

その結婚がわずか三年で破綻して、朱里がシングルマザーになったことは伏せておいた。家の恥だし、事件には関わりのないことだ。

「そうでしたか。それで、なぜ剛史くんが一連の事件に利用されているとお考えなのですか。直接本人の口から聞いたとか？」

「いえ、まさかそんな……」

剛史は家を出て以来、ほとんど実家には寄りつかない。とはいえ、どこの家でも三十を過ぎた息子など似たようなものだろう。

「しかし、何かしら理由があるでしょう」

「はっきりとした根拠はないんです。ただ、何となく気になって」

これ以上のことは言えなかった。謙吉が元判事で、普通の民間人とは違うと思うと口が堅くなる。

思いきって相談に来たものの、我ながら雲を摑むような話だ。

確かな証拠があるわけでなし、ただの母親としての直感だ。放っておけば良くないことが起きる。そんな漠とした不安をどう説明すればわかってもらえるのだろう。

「すみません。あやふやな話で――」

「構いませんよ。先程も申しましたように、弁護士の仕事は趣味みたいなものでしてね。堅苦しく考えず、思いつくままお話しいただければいいんです」

判事だった頃の謙吉は、こんな物言いをしなかった。

もっと怖い印象でとっつきにくかった。判事然として偉そうだと、元夫がずいぶん悪口を言っていたものだ。

――こっちは被害者なのに、どうして剛史にしつこく話を聞くんだ。おかしいじゃないか。

市議会議員をしていた元夫は、知り合いの議員に手を回し、圧力をかけるとまで言っていたのだ。

判事へ圧力などかけられるはずもないのに、陰では勇ましい口を利いていた。露見すれば自分が窮地に追い込まれるだけだ。元夫は息子が怪我をしたこと以上に、議員としての自分の立場を気にしていた。そういう男だから離婚したのだ。

もっとも、紀恵も謙吉を嫌っていた。この人の前に出ると、妙に落ち着かない気分にさせられるのが苦痛だった。

「お代わりを淹れてきましょう」

黙ってしまった紀恵を慮ったのか、おもむろに謙吉が立ち上がった。

琺瑯のポットで湯を沸かし、ミルで豆を挽く。ガリガリという音が静かな店内に響く。

こうしてカウンターに立つ謙吉を眺めると、やはり老けたと感じた。

背筋は伸びているが、頬が垂れた。鳥の巣みたいな頭髪も、記憶の中にある面影と比べると嵩が減った気がする。

「お待たせいたしました」

謙吉が二杯目のコーヒーを運んできた。

「わたしの頭に何かついていますか？」

紀恵の視線を辿ったらしく、謙吉が不思議そうな顔をしている。

「ずいぶん白くなったので驚かれましたか」

「いえ。それはわたしも一緒ですもの」

「そうですか？　お変わりないように見えますよ」

「手入れをしているからですわ。何もしなければ、もう生え際なんて真っ白です」

近頃はグレーヘアなどと言って白髪を染めない人を褒めそやす風潮もあるが、紀恵にはついていけない。あんなのは元がきれいな女優やアナウンサーがすれば様になるが、一般人が真似しても老け込むだけだ。

しかし、謙吉には白髪が似合っている。品があって、ちっとも見苦しくない。

「わたしも退官までは染めておりましたが、定年になったら面倒で止めたんです。まあ、爺むさくはなりますが良いこともあるんですよ。この髪が白くなったおかげで、ベートーヴェンと言われなくなりましたよ。若いときはさんざん、からかわれましたからねえ。ま、その代わり、今はアインシュタインですが」

そう言った後、謙吉は大きく舌を出した。

有名な写真のポーズを模したのだ。つい笑ってしまいそうになり、思わず手で口を覆う。判事だったときは怖い人だったのに、ずいぶんな変わりようだこと。

二杯目のコーヒーもおいしかった。豆を替えたのだろう。一杯目よりさっぱりとして、酸味で頭がすっきりする。

暇なんだわ。

そう思った。こんなふうに喫茶店をしながら、趣味で弁護士をしているのは、暮らしに余裕があるせいだ。それなら昔のよしみで世話になってもいいだろう。いい具合に緊張がほぐれ、紀恵は安心して打ち明ける気になった。

「さっきの話の続きをお話ししていいですか」

「どうぞ」

「あくまで噂ですが、斜め向かいの奥さん——、篠山(ささやま)さんとおっしゃるんです。その方から伺ったことがございまして」

「ほう。どんな噂です」

「被害者の何人かは、デイサービスを利用されていたんですって。その間、家は留守になりますでしょう。それを知っている人が犯人じゃないかって」

そこまで話したところで、ふと妙な音がした。

目を向けると、店の入り口にカフェオレ色の犬がいた。

この家の飼い犬だろうか。

どうも怒っているみたいで「うー」と唸り、牙を剝いている。妙な音はこの犬の鳴き声だった。

「どうした、ピリカ。腹でも空いたか」

謙吉が犬に話しかけた。

むくむくした毛皮で覆われた体や、黒豆みたいな濡れた丸い目は愛らしいのだが、どういうわけか、恨みがましい顔でこちらを睨みつけている。

「え？」

わたし、何かしたかしら。

ピリカと呼ばれた犬は、全身から不満そうな気を放ち、こちらへ近づいてくる。

紀恵は怖くなって椅子を引いた。その拍子にテーブルの脚にぶつかりよろめいた。

「こら、ピリカ！」

謙吉が制し、捕まえようとするのをするりと身を躱し、ピリカがこちらへ突進してきた。その勢いで弾みをつけ、前肢を大きく伸ばしてジャンプする。

「ひゃあ」

思わず目をつぶった途端に姿勢を崩し、無様に尻餅をついたところへ、みっしりと毛の生えた塊が飛びついてきた。

2

数日後。

「それ、警察犬なら殺処分ものですね」

経緯を聞いた達樹が冷めた声で言った。

今日は徒歩で聞き込みに出てきた。達樹と肩を並べ、北風の吹く路地を歩いている。

「よしてよ。ピリカは警察犬じゃないわ。愛玩犬よ」

「愛玩ですか。それ、哀しく願うやつですか。処分しないでくれって」

「ふざけないで」

冗談にならない。

ペキニーズは小型犬だが、ピリカは七キロを超えている。今回は大ごとにならずに済んだが、打ちどころが悪ければ救急車を呼ぶ事態になっていたかもしれない。

「あの子はまだちゃんとした躾を受けていないのよ。それに噛みついたりしてないから。飛びついただけよ」

「だけ、ってことはないでしょう。下手したら、怪我をさせていたところです。飼い主の責任が問われますよ」

いちいち癪に障るけど、達樹の言う通りだ。

ピリカは、多頭飼いが崩壊したブリーダーの家から救い出した犬だ。〈喫茶ひまわり〉へ来るまでろくに散歩もさせてもらえず、トイレの躾もできていなかった。

それでなくとも、ペキニーズは気難しい性格と言われている。

幸いピリカは人懐っこく朗らかだが、嫌な相手には牙を剝くこともあるわけだ。しかも、その原因はおそらく、いや間違いなく自分にある。尚美はあのとき、二階の自室で謙吉と紀恵の話を盗み聞きしていたのだ。

ベッドで昼寝をしていたはずのピリカが足下にじゃれついてきたのを抱え、一緒に息を潜めているうちに、なぜかスイッチが入ってしまった。

たぶん、ピリカは感じたのだ。店にいる客人を尚美が嫌っていることを。

犬は敏感な動物で人の感情を察する。ピリカは尚美の体からにじみ出る負の気持ちを読み、紀恵を敵とみなしたのだ。それで番犬よろしく追い出しにかかった。そういうことだと思っている。

「わたしがいけないのよ」

「そうでしょうね。悪いのは尚美さんです」

さも当然といった態で達樹がうなずく。

「失礼ね。せめて理由を訊ねなさいよ」

「教えてくれるんですか？　訊いちゃ駄目かと思ってましたよ。〈ひまわり〉のマスターとの関係とか」

「知りたい？」

「別に」

むっとした顔で達樹が口を尖らせる。

「無理に訊き出したりしませんよ。でも、教えてくれるなら、ぼくはいつでもウェルカムです」

「ふうん――」

あらためて達樹を見る。こんなふうに踏み込んでこられたのは初めてだった。

相棒になって八ヵ月。小競り合いはしょっちゅうだが、不思議と腹も立たないのは人との距離の取り方が似ているからかもしれない。

「謙吉さんのところへ相談にきたあの人とは古い知り合いなのよ。言ったでしょ、昔うちの兄が事件を起こしたことがあるって。その被害者のお母さんなの。驚いた？」

達樹は首を縦に振った。

「まあまあ驚きました」

　正直な反応に少し笑い、続ける。

　紀恵が相談に来ることは、事前に謙吉から聞いていた。〈喫茶ひまわり〉のお客としてではなく、ヨリ子を通じて弁護士の無料相談に訪れるというのも承知していた。

　個人的な民事に関わる相談なら、謙吉は尚美に言わなかっただろう。いくら警察官でも、一般市民の個人情報を本人の許可なく知り得る立場にはない。しかし、紀恵は犯罪絡みの相談に来るという。おそらく侵入窃盗に関することだろうとは予想がついており、紀恵の斜め向かいの家も被害に遭っていることは生活安全課でも承知していた。

　そうした事情を踏まえ、謙吉も尚美に話したのだ。剛史の母親の大村紀恵——今は離婚して沢田紀恵になっているが、彼女が法律相談に来るがどうする、と。

「いろいろ質問したいことはあるだろうけど、全部話しちゃっていい？」

「はい」

　達樹が首を縦に振ったのを見て、自分の家の話もした。

　十八年前。

尚美の兄の尚久は、紀恵の息子の大村剛史に傷害を負わせた。軽傷で済んだこと、また示談が成立したこともあって、尚久は保護観察処分で済んだ。

その審判を下したのが、当時東京家庭裁判所で判事をしていた謙吉だ。加害少年の家族として知り合い、謙吉とは長きに亘って交流を続けている。

尚久は保護観察処分となったが高校を自主退学し、一家で遠い町へ引っ越した。両親は事件のことを早く忘れたがったが、尚美は覚えていたくて警察官になった。忘れようにも忘れられず、こんなに苦しいなら、いっそ事件を追う側になって自分なりに決着をつけようと思ったのだ。両親にはその気持ちが伝わらず、家族仲はうまくいっていない。そんな諸々を思いつくまま喋った。

愉快な話ではない。重くて暗い一人語りだ。

達樹はふんふんと軽い相槌を打ちつつ、さして関心のなさそうな顔で聞いていた。

「へえ、そうだったんですか」

「そうなのよ」

淡々とした相槌にまた笑ってしまう。

あまり関心がないのだろう。でも、大袈裟に驚かれたり、訳知り顔をされるよりましだ。

「その縁で下宿しているんですね。でも、ご両親は反対なさったんじゃないですか。息子の過去を知っている判事といつまでも交流していること自体、普通なら良い顔をしないと思いますし。でも、そうか」

「でもでも、うるさいわね」

「でも、ちょっとわかった気がするんです。尚美さんが事件を未然に防ぐことにこだわる理由。お兄さんの一件があったからなんですね」

　尚美は肯定も否定もしなかった。

　もう少し、このまま達樹の話を聞いていたい。

「犯罪を起こすと、本人はもちろん、家族にだって暗い影を落とします。そのことをよく知っているから、尚美さんは事件を起こしそうな人を見張っているわけだ。罪を犯す前に踏み止まれるなら、そのほうが良いですもんね」

　腕組みをして、一人で納得したように達樹がつぶやく。

「やっとわかりましたよ。――何です、それ」

　尚美が両手を合わせ、ひらひら振っているのを見て、達樹が言った。

「ピリカの真似。あの子、嬉しいと尻尾を振るのよ」

「犬ですからね」

「もっと嬉しいと、オシッコを漏らすのよ。可愛いでしょう」

「ちょっと、よしてください。ここは公道ですよ」

声を上ずらせ、達樹が騒いだ。

「ふふん」

「笑い事じゃないです。逮捕しますよ」

ピリカの真似と言ったのはものの喩(たと)えだ。

聞いてくれてありがとう。そう言いたいのだ。

それはともかく、紀恵が謙吉のもとを訪れたのは、やはり侵入窃盗絡みだった。息子の剛史が事件に巻き込まれているのではないかと危惧(きぐ)し、罪に問われるかどうかを確かめにきたのだ。

昭嶋署管内では、数ヵ月前から侵入窃盗が頻発している。

家人が留守のところへ窓ガラスを割って中へ入り、金目の物を盗んでいく。先日は家の中で犯人と出くわし、被害者が軽い怪我を負うに至った。侵入窃盗は昔ながらの犯罪だが、鉢合わせをすると強盗に発展する怖さがある。

怪我をした被害者は八十代のお年寄りで、昼寝をしていたところ、侵入してきた犯人と揉み合いになり、突き飛ばされたという。

　被害者は白内障を患っており、もとより視野がぼやけている。また、昼寝中はカーテンを閉めているので室内は薄暗かった。そういう次第で、被害者は犯人の顔がよく見えなかったという。

　身長は百七十センチ前後で、普通体型の男。野球帽をかぶってマスクをつけ、黒っぽい服を着ていた。

　聞き取りできたのはその程度だ。帽子とマスクで顔を隠していたせいで、似顔絵も作れていない。

　一刻も早く逮捕しないと、また次の事件が起きる可能性が高い。生活安全課では犯人の特定に向け、一丸となって捜査に当たっている。

　そんな矢先に紀恵が謙吉を訪ねてきたのだ。

　相談は尻切れとんぼに終わったが、謙吉は紀恵に連絡し、剛史と侵入窃盗の関連を調べるため相談内容を警察と共有すると伝え、許可を取りつけた。

　それを受け、尚美は達樹と聞き込みに出てきたわけだ。

　紀恵が謙吉に話した噂話、斜め向かいの老婦人——篠山信子（のぶこ）さんから聞いた話を確かめるために。

昔近くに住んでいたこともあり、篠山さんの家はすぐに見つかった。敷地は七十坪ほど、立派な門扉のついた邸宅である。インターフォンを鳴らすと、やや間を空けて応答があった。

広い玄関で靴を脱ぎ、達樹と二人で応接間に入る。古き良き昭和を思わせる、洋風の調度が並んでいた。飴色の革のソファには白いレースのカバーが掛かり、壁には鷲（わし）の剝製が飾ってあった。これほど豪華ではないが、尚美の実家も似た感じだった。

クリスタル製の灰皿は亡くなったご主人の愛用品だそうだ。会社勤めをしていたときは、お客さんも多く、この応接室は煙草の煙でもうもうとしていたのだという。今は誰も吸わないから捨ててもいいのだが、何となく取ってあるのだと、老婦人は語った。

「いざというときには武器になるわよねえ」

笑っていられるのは、被害が最小限で済んだからだ。

盗まれたのは、亡き夫が海外出張のお土産で買ってきたフランクミュラーの時計一本。紀恵が聞いた簞笥預金は勘違いだったとわかった。

「お友だちと観劇に行く予定があったから、前もって下ろすつもりではいたのよ。でも、うっかりして忘れちゃって。いざ観劇の後に食事をする段になって、下ろし忘れに気づいたの。駄目ねえ、歳を取っちゃって」

信子は小さな手を口に当て、恥ずかしそうに笑った。

フランクミュラーも実は亡き夫が騙されて買った偽物で、実質被害はないにも等しかった。箪笥預金も前はしていたが、近頃は物騒だから銀行に預けるようにしているという。光熱水道費はすべて引き落としだから、それで不便はない。

とはいえ、侵入窃盗の被害に遭ったことは事実だ。離れて暮らす娘夫婦が心配して、この家に越してくることが決まったらしい。

「ですからね、もう心配はいりませんの。沢田さんにも伝えておいてくださいな。ま、わたしが自分で言ってもいいけど」

むしろ信子は紀恵の身を案じていた。

「あの方は離婚なさって、広い家に一人でお住まいでしょう。わたしと同じように独り暮らしで、侵入窃盗に狙われるのが怖いのね。息子さんと仲直りして、戻ってきてもらえばいいのに。ほんの目と鼻の先で働いているんだから」

信子は、剛史が駅前ショッピングモール内にあるスーパーマーケットで店員をしていると知っていた。買い物をしているときに見かけ、声をかけたのだそうだ。

「剛史くん、転勤でこの春こっちへ帰ってきたそうよ。今は駅前のアパートを借りているんですって。だったら実家に戻ればいいのに、もったいないわよね、こんな近くに立派な家があるのに。そんなに母親のことが嫌いなのかしら」

噂話については空振りだった。

「わたし、何も知らないわ」

デイサービス先でも、そんな噂は聞いたことがないという。いったいどういうことかと、しきりに首を傾げている。

「沢田さんが何か勘違いしたのだと思うわ。それにもし噂を聞いたら、ご近所に話すより先に警察へ通報していますよ」

出鱈目(でたらめ)を言っているようには見えなかった。

聞いたけれど忘れた、というわけでもないだろう。信子はしっかりした老婦人だった。

礼を述べて、信子の家を辞した後、考えた。

なぜ紀恵は嘘をついたのだろう。そもそも本当に侵入窃盗が心配なら、弁護士ではなく警察へ相談にいくのが筋だ。となると、紀恵が案じているのは侵入窃盗の被害に遭うことではない。息子が犯人として捕まることを怖れているのだ。

犯人は住人が日中留守にしているところへ侵入している。

デイサービスでなくとも、その情報を知り得る者はいる。たとえば荷物の配達を請け負うドライバーとか。

しかし、剛史はスーパーマーケットの店員だ。日中は店舗で働いている。なぜ犯人だと思ったのだろう。紀恵は何か知っているはずだ。

直接訊くしかない。

ついでに十八年前の事件についても訊こう。嫌な顔をされるだろうが、それは覚悟の上。昭嶋署へ赴任してきたのも縁なのだから。

「よし」

「何がよしなんですか？　自分一人で納得していないで、教えてくださいよ」

振り向くと、達樹が横目で見ていた。拗ねた顔だ。道理で視線がうるさいと思った。

さて、どこから話そうか。頭を整理しようと、空を見上げたら。

「あ、月だ」

冬らしい、きりっと澄んだ空に白っぽい月が浮かんでいる。

「それがどうしたんですす」

「ねえ、知ってた？」

月を指差して訊く。

「知りません」

空を見上げようともしない達樹が、涼しい顔で返してくる。

「まだ何も言ってないじゃない」

日頃ジムで鍛えているという、達樹の硬い脇腹を肘でつついて続けた。

「月の模様をうさぎの餅つきに喩えるのは、万国共通じゃないのよ」

「知ってますよ。そもそも餅つきは万国共通じゃないですし」

まあ、そうか。月の見え方は角度によって様々だ。

「だったら――」

「言っておきますけど、蟹(かに)も知ってますよ、割と有名ですからね」

達樹が先手を打ってきた。南ヨーロッパでは、月にはうさぎではなく蟹が住んでいると言われているのだ。

「違うわよ。蟹じゃなくて蛙(かえる)。うさぎの下には蛙がいるのよ。知ってた？」

「いません」

「いるってば。よく見てよ」

「見ても同じです。どっちみち、ただの模様でしょう」

達樹は身も蓋もない言い方をした。

まあ、業務時間にするような話ではないことは認める。とはいえ、単なる無駄話のつもりでもない。

十八年前、兄の尚久は加害者となった。

それは警察から見た事実だ。別の角度から見たら、違う事実が浮かんでくるのではないかと、ずっと尚美は思っている。

「ぼくには正直、うさぎも見えないんですよね。子どもの頃、親に言われても全然わからなかったんで」

「へええ」

思わず声を出したら、達樹が口を尖らせた。

「何ですか、その馬鹿にした言い方」

「してないわよ。そうなのか、って思っただけ。でも、わかる。わたしも同じだったから。うさぎなんてどこにいるんだろう、って不思議だった。お餅は好きだから、必死に探したんだけど」

「見つけても、月でうさぎがついてるお餅は食べられませんよ」

「残念」

アラビア半島ではライオン、南アメリカではワニ。

東ヨーロッパや北アメリカでは、横を向いている女の人に見立てられているという。

つまり、同じものを眺めていても、人によって見え方が違うということだ。

警察官として経験を重ねるうち、その思いはより強くなった。加害者と被害者。法律上の立場は動かなくとも、別の角度から見れば立場が逆転することだってあり得る。

「お餅のことを話してたら、お腹が空いてきたわ」

「珍しく気が合いますね。ぼくもですよ」

「少し早いけどお昼にしましょうか。お餅でいい？」

「ですね。――って、ないでしょう、そんな店。もしあれば、そこにしますか」

「お餅が好きなのね」

「米が好きなんです」

「意外。パン党かと思った。そんな顔してるから」

「どうせフワフワして見た目がいいだけで、中身はスカスカして食べごたえは今ひとつと思ってるんですよね」

「何それ。自慢？　それとも自虐？」

冗談かと思いきや、真顔で首を傾げている。外見に自信があることを隠さないのは中々あっぱれだ。

昭嶋署へ異動になったときから、胸に重い石を抱えていた。

嫌な思い出のある町へ戻り、毎日仕事をするのは苦しい。覚悟はしていたけれど、体のどこかで常に緊張を強いられている。

兄の尚久が逮捕された町で警察官として働く。

両親が知ったら、きっとまた喧嘩になる。

そもそも尚美が警察官を志望したことを父も母も歓迎していない。高校生だった息子を逮捕し、言い分にもろくに耳を貸さず、厳しい言葉で追い詰めた警察を二人とも強く恨んでいる。被害に遭ったのが市議会議員の息子だから、尚久を悪者にして片を付けたと思っているのだ。

そういう一面もあるかもしれない。それでも尚美は反対を押し切り、警察官になった。

自分で決めたことだから、悔やんではいない。両親に応援してもらえたらいいのにとは思うが仕方ない。尚美だって、いい加減親子仲を修復したいと願いつつ、忙しさを言い訳に先延ばしにしているのだからお互いさまだ。

「フワフワでスカスカ、上等じゃない。シュークリームの皮みたいで」

「皮かよ」

「いいじゃないの。シュークリームはあの皮が肝心なんだから」

「そうですかね？　中のクリームがなければ、ただのシューですよ」

「中にどんなクリームを入れてもシュークリームなんだから、皮が主役なのよ。同じフワフワでも、中華まんなら中身によって名前が変わるもの。肉まんだの、ピザまんだの」

「確かに」

「ね？　良かったじゃない、フワフワのスカスカで」

「どうでしょう。馬鹿にされてるようにしか聞こえませんが」

達樹と一緒に来て良かった。

この相棒と憎まれ口を叩いていれば、憂鬱な気持ちに囚われずに済む。

さて、どこでお昼を食べようか。きょろきょろ辺りを見渡していると、目の前をワゴン車が通った。側面に剛史の働くスーパーマーケットの名前が印字されている。車は尚美と達樹のすぐ近くで停まった。

ワゴンのドアが開き、キャップを目深にかぶった男が降りてきた。

後部座席から発泡スチロールの箱を取り出して抱え、民家の敷地に入り、玄関ポーチに置く。

宅配だ。住人は留守だと承知しているのか、チャイムも鳴らさない。

発泡スチロールの箱の大きさから察するに、中身は食材だろう。保冷剤が入っているから数時間はそのまま置いておける。昼間仕事で買い物に行く時間のない人や、重たいものを運ぶのがしんどい高齢者には重宝なサービスだ。

それはともかく、運転席に座っているのが剛史だった。

男は小走りに戻ってきて、助手席に乗った。剛史が車を発進させるのを、尚美は無言で見送った。

3

今回に限り、二度目も無料で相談に応じてくれるという。

当たり前だわ、と紀恵は思った。

あの犬のせいでひどい目に遭ったのだから。謙吉が申し出てこなければ、紀恵のほうからクレームをつけていたところだ。

指定された日に行くと、謙吉がすぐに出てきて頭を下げた。

「やあ、どうも。先日は大変ご無礼いたしました」

昼前だというのに、店はがらんとしていた。

定休日なのだという。法律相談は〈喫茶ひまわり〉を閉めている時間でやっているのだそうだ。それで前回は朝の早い時刻を指定されたのだと納得がいく。

今日もコーヒーが出てきた。

ヨリ子の姿は見えない。犬の散歩に行っているらしい。前回の失態に懲り、紀恵とかち合わないよう外へ出したようだ。

おかげで安心してテーブルにつき、謙吉と向かい合った。

「先日の件で進展がありましてね。そのお話をしようと思ってご連絡したのです」

「本当ですか？」

紀恵は胸を押さえ、声を上ずらせた。

「はい。警察にも事情を話して、いろいろわかりました。例の侵入窃盗の件、やはり剛史くんも何らかの関わりがあるようです」

「――そんな。関わりってどういう意味です」

自分が言い出したことなのに、紀恵は咄嗟に抗（あらが）った。

「うちの剛史は真面目な子です。利用されるならともかく、犯罪に関わるわけがありません。証拠でもあるんですか」

「いずれ警察が捜査して見つけますよ」

「だとしたら、今はまだ何も見つかっていないということですわよね。それなのにうちの剛史が関わっていると決めつけるなんておかしいじゃないですか。先生、警察に抗議してくださいな。元判事なら、警察関係にも顔が利きますでしょう」

興奮して喋っていると、カウンターの奥から若い女性が顔を出した。

「あなた――」

「ご無沙汰しております」

女性はこちらに向かって会釈した。

「どういうことです？　先生、どうしてあの方がここにいるんです」

「仕事の関係で、この春に昭嶋へ戻ってきたんです。お元気でいらっしゃいましたか？」

紀恵はそれには応えず、謙吉を睨んだ。

カウンターの奥にいるのは、剛史の友人の妹だった。森山尚美。思い出すのも忌々しい、剛史に暴力を振るった同級生の身内だ。

ここにいるからには、尚美と謙吉は知り合いなのだろう。なぜ他人の法律相談に同席しようというのかさっぱりわからない。

ひょっとして、今回の件にも例の子が関係しているのだろうか。尚美の兄の森山尚久。剛史に怪我を負わせた同級生だ。

そうかもしれない。それで尚美も身内として、紀恵と同じ心配を抱えているのかもしれなかった。だとしても、こんな場で同席するなんて冗談ではない。ひょっとして、今回の件も尚久が絡んでいるのではなかろうか。

せっかく縁が切れたと思ったのに。

また十八年前の悪夢が繰り返されるのかと考えただけで目眩がする。どっと汗も噴き出してきた。もう更年期なんて歳でもないのにどうしたのだろう。

尚美はにこやかに歩いてきた。

「知ってます？」

紀恵の真向かいに腰を下ろし、いきなり問う。

「うさぎって、実はそれほどにんじんが好きではないんですって」

「はあ？」

「うさぎの好物と言えばにんじん、ですよね？」

「え、ええ」

「でも違うんです。にんじんをあげても、うさぎはあまり喜ばないみたいです。食べる子のほうが少ないみたいですよ」

「あら、そうなの。知らなかったわ」

自分の家で飼ったことはないが、通っていた小学校でうさぎを飼育していた。クラスで当番を決めて餌やりをした記憶がある。紀恵は母に頼んで、にんじんを持たせてもらったはずだ。

「不思議ですよね。実際は違うのに、イメージは定着しているんです。わたしも子どもの頃からずっと、うさぎはにんじんが大好物だと思っていましたからね」

「みんな、そうですよ。何かの勘違いで広まったのね」

「壮大な勘違いです。日本中のほとんどが、うさぎと言えばにんじんと思っていますから」

「そうね。好物じゃないなら、うさぎにとってはいい迷惑だわね」

が、それがいったいどうしたと思いつつ、紀恵は尚美を見た。

「犯人はピーターラビットです」

「え？」

「イギリスの絵本にあるでしょう。ピーターラビット。彼がいつもおいしそうに食べているから、うさぎはにんじんが好きだってイメージが広がったみたいです」

「へえ――」

知らなかった。

でも言われてみれば、確かにそのイメージがある。ピーターはしょっちゅうにんじんをポリポリ食べている。家にも何冊か絵本があったはずだ。

剛史は子どもの頃、にんじんが苦手だった。

どうにか食べさせようと、絵本を買って「ほら、ピーターもおいしそうに食べてるわよ」と、なだめすかした憶えがある。

「あのうさぎは、にんじんを食べていたでしょう。好物だからじゃないの？」

「実は違うんです」

「そう？　にんじんを両手に持って食べている絵があると思うけど」

「実はあれ、にんじんじゃないんです」

虚を突かれた。

「嘘でしょう。だって、赤いじゃないの」

「あれはラディッシュです」

「そうだったかしら」

頬に手を当てて考える。

にわかには信じられない。ラディッシュだなんて。そんなこと、言われるまで思いつきもしなかった。

しかし、尚美にスマートフォンで検索した絵を見せられて納得した。言われてみれば、にんじんより色が濃い。ラディッシュ。よく見れば、確かにそうだ。

「昔はラディッシュなんて、あまりお店に売ってなかったから。にんじんと間違えたのね」

「それで間違った噂が一人歩きしたんでしょうね。──そうそう。噂といえば、斜め向かいのお宅の篠山さんに聞き込みへ行ってきたんです。デイサービスのお友だちから、侵入窃盗の噂話を聞いた憶えはないそうですよ」

「え？」

不意を突かれ、つい慌ててしまった。

「忘れたんじゃないかしら。あの奥さん、もうお歳だし。八十代ですもんね」

とぼけたが、尚美はうなずかなかった。

「篠山さん、しっかりしていらっしゃいましたよ。それに実際、そんな噂はないんです。そもそも侵入窃盗の被害に遭ったお宅のうち、デイサービスを利用されているのは篠山さんだけでした」

「あら、そうなの」

「その代わり、被害者には別の共通点があります。何だと思います?」

「知らないわ」

早口に言い捨て、目を逸らした。

「そうですか? たぶんご存じだと思いますけど。みなさん、スーパーマーケットの配達サービスを利用なさっているんです」

「……」

「デイサービスの会社にも確認しました。ドライバーの方にも直接お話を伺って、事実調査をしました」

弁護士の無料相談になんて行かなければよかった。

「まあ、どのみち調べるつもりではいたので構いませんけど。警察を翻弄したのは間違いありませんよ」

「犯人ではないとわかったのなら、いいじゃないの」

「疑われて嫌な思いはしたでしょうけどね。でも、気持ちはわかります。警察の目から、息子さんへの疑いを逸らしたかったんですね」

「何の話だか、わからないわ」

「そうやって、昔も嘘をついたのですか。息子さんを庇うために」

尚美が静かな目で紀恵を見た。

視線がぶつかり、思わず目を逸らした。その仕草で白状したようなものだ。

「本当は、先に手を出したのは、剛史さんのほうだったのではないですか」

「知らないと言っているでしょう」

否定する声が、自分の耳にも弱々しく聞こえる。

「大丈夫ですよ。もう十八年も前のことですから。証拠なんて出てきません。ただ、事実を知りたいだけなんです」

憤っている口振りには思えなかった。尚美は冷静な態度を保っている。

考えるまでもなく、十八年も前のことだ。証拠があるなら、とっくに警察が暴いているはず。今さら紀恵が喋ったところで、事実が覆ることもないのだと思ったら、気が落ち着いた。

「――嘘はついていませんよ」

紀恵は呼吸をととのえてから、口を開いた。

「わたしは見たことを黙っていただけ。あなたのお兄さんが悪いのよ。勝手にうちへ押しかけてきて、嫌がる剛史の部屋に入っていくものだから。わたしは心配になって、様子を窺いにいったの」

子ども部屋は十二畳の和室で、間を襖で仕切って六畳の二間にし、剛史と朱里で使っていた。紀恵は朱里の部屋から襖の隙間に目をつけ、中を覗いていただけ。

「喧嘩になるようなら止めに入るつもりでいたのよ。あなたのお兄さんのほうが体格はいいから、親としては心配で」

ずっと蓋をしていた記憶がよみがえる。

カーテン越しに西日が差して、部屋の中が異様に蒸し暑かったことや、顔を押し当てた襖の匂い。軽い怪我で済んだとわかっていても、思い出すたび冷や汗をかく。

そう。先に手を出したのは剛史だ。尚美の言う通り。でも、あの子だけのせいじゃない。

「あなたのお兄さんが悪かったのよ。剛史を怒らせるようなことを言ったんだもの。そのせいで揉み合いになって、体格で劣るあの子は自分を守るつもりで、机の上に置いてあったキャンプ用のナイフを摑んだの。本気で刺すつもりはなかったはずよ。ただの脅し。それをあなたのお兄さんが本気に取って、取り上げようとするから、弾みで……」

警察では、きちんと自分が見たことを話した。

尚久が剛史のナイフを摑んで振り回したと。嘘ではない。あの子は実際に剛史のナイフを持っていた。どこか遠い場所へ投げようとして腕を高く上げたのかもしれないが、その拍子に切っ先が剛史の肩をかすったのは事実だ。

だから、見たままを告げた。尚久が剛史を侮辱したことは黙っておいてやったのだから、いいではないか。何より、実際に怪我をさせたのは尚久だ。剛史は悪くない。

ずっとそう自分に言い聞かせてきた。

それなのに、顔を上げていられない。身勝手な言い分だと、本当は自分でも承知しているのだ。

「わかります。嘘じゃありませんよね。うさぎと蟹だわ」

「うさぎ……？」

尚美がよくわからないことを言い、遠い目をした。

「この町に赴任が決まったとき、すごく意気込んでいたんです。自分なりに十八年前の事件に決着をつけられる気がして」

「もう蒸し返すのはよしたら？　そんなことをして、誰が得をするのよ。あなたのお兄さんも保護観察処分で済んだし、終わりにしたほうがいいわ」

「うちの両親はいまだに引きずっていますよ。わたしもそうです。兄のことはもちろん、剛史さんのことがずっと気になっていました」

「あら、そうなの」

「わたし、中学生のとき剛史さんが好きだったんです」

「知ってるわよ。あなた、しょっちゅう遊びに来ていたじゃない。お兄さんにくっついて」

素直に打ち明けられ、聞いているこちらが照れくさくなる。

「初恋だったんですよね。ほんの淡い気持ちでしたけど」

「そう――」

考えてみれば、この子も悲しい思いをしたのだ。

「兄とも仲が良かったので、余計にショックだったんです。剛史さんには急に会えなくなるし、両親には剛史さんの名前を口に出すなと禁じられて。悪い夢を見ているみたいで、毎日真っ暗な気持ちでした。どうしても信じられなかったんです。あの兄が一方的に手を上げたことが。でも、誰も信じてくれませんでした」

元夫は教育委員会からの推薦を受けて出馬したこともあり、クリーンなイメージを売りにしている市議会議員だった。うちの息子にも至らないところがあったのだろうから、と加害者の尚久を庇ってみせ、高潔な父親ぶりをアピールしていた。周囲もそれを信じた。

「世間は話の内容より、誰がそれを言うかで、信じるかどうかを決めるのよね」

今も議員をしている元夫は、過去の事件をすっかり水に流して生きている。

翻って、自分はどうだろう。

今も剛史に連絡するときは緊張する。紀恵が電話をかけてきたと知って、うんざりした声を出されるのではないかと毎度ひやひやしながら、それでも息子が元気でやっているかどうか心配で、かけずにいられない。

馬鹿なことをしたと、今ならばわかる。

「剛史を信じて、本当のことを言わせてやれば良かった」

十八年前、紀恵はそれができず、剛史の将来に疵がつかないよう姑息に立ち回った。息子のためなら泥でも何でも呑んで庇うのが親だと思っていたが、そのせいで肝心な剛史の信頼を失ってしまった。

誤りを正すには、隠してきたことを打ち明けるほかになさそうだ。

「剛史はね、警察へ本当のことを話そうとしたのよ。それをわたしが止めたの」

きっと軽蔑されるだろう。

それでも尚美の目を見て言った。

「将来に関わると思って止めたんだけど、間違いだったわね。お友だち一人が罪をかぶる形になったことを、剛史は心苦しく思っていたのに。あの子、何度も言ったのよ。『こんなのフェアじゃない』って。父親の影響でしょうね。と言っても、元夫もわたしと同じで、口ではきれいなことを言う割に根が卑怯だから、すっかり嫌われちゃったけど」

苦くて長いため息が出る。

やり直したいと願いつつ、己の誤りには目をつぶってきた。そのツケが、今の暮らしだ。

「ごめんなさい。未成年だったのに、剛史のほうがずっとしっかりしていたのに、母親のわたしはあの子を信じられなかった」

生きているうちに許してもらえるかどうか。

嫌われてもなお、息子が恋しい。歳を重ねるごとにその思いは強くなる。

「ありがとうございます。本当のことを教えてくださって」

「お礼を言われる筋合いはないわ。もう時効だと思ったから喋ったの」

今さら遅いかもしれないけど、せめて年長者の務めとして、若い尚美の肩から重い荷物を受けとってやりたかった。

そんな殊勝な気持ちでいるのに、尚美はつれないことを言う。

「少年事件に時効はありませんよ」

「またまた。からかわないでちょうだい」

「本当です」

「嘘でしょう？」

そんなはずはない。

わかっているのに、断言されると、もしや本当では、と思えてくる。

「申し遅れましたが、わたし警察官なんです」

あらたまった口調で言い、尚美が胸ポケットから黒い手帳を取り出した。

「警察――？」

「はい。昭嶋署の生活安全課におります」

ちょっと待って、と言いたかったが声にならない。絶句していると、尚美はぺろりと可愛い舌を出した。

「なんて、嘘ですよ。おっしゃる通り時効です」

朗らかな顔で言い、頭を下げる。

「ついでに言うと、この手帳も偽物ですから。騙されないでくださいね」

むっとして、手帳を引っ込める尚美を睨みつけた。

「あなたね、言っていい冗談と悪い冗談があるわよ」

「ですよね。こっちが本物の警察手帳です。よく見てください。何でしたら署に電話して確かめてくださってもいいです」

「大丈夫、彼女は本物の警察官ですよ」

見かねたのか、謙吉が笑いながら話に割って入ってきた。

「元判事のわたしが請け合います。こう見えても中々優秀でしてね、ご心配の件も彼女が調べてくれました」

「そうでしたの。本当に警察官なのね、すごいわ。女の子なのに——」

言いかけて、はっと口を閉じた。今どきこんな台詞は差別になる。

あらためて焦げ茶色の手帳を眺めた。

生真面目そうに唇を結んだ尚美がこちらを見つめている。手帳の写真には中学生の頃の面影があった。そこに高校生だった剛史の顔が重なる。

「ご家族はどうしていらっしゃるの？　お兄さんは——」

「家を出ました。あの学校を自主退学した後、通信で高校を卒業するまでは家にいたんですけど」

「大学は？　行かなかったの？」

「はい」

尚美がうなずくのを見て、良心が痛んだ。

剛史と尚久が通っていたのは大学へ行くのが当たり前の進学校だった。事件の影響で勉強に身が入らなかったのかもしれない。

「仕方ないです。傷害事件を起こしたんですから。いくら保護観察処分になったといっても、何もなかったことにはできません。両親は兄の事件をなかったことにしてますけどね。何の処分も受けなかったのは、罪になるようなことをしなかったからだって言うんです。そんなわけないですけどね。少年院送りにするほどではないと判断されただけで。そこはまあ、見解の相違です」

滔々と述べ、尚美はにこりとした。

「ピーターラビットの話に戻りますけど」

「あら、またその話？　もういいわよ」

「すぐに終わります。知ってました？　ピーターのお父さん、ご近所のマグレガーさんにパイにされちゃったんですよ」

「やだ、何それ」

「畑を荒らして、マグレガーさんに捕まったみたいです。このエピソード、ちゃんと絵本にも載ってます」

「そうなの。外国の絵本はすごいわねえ……」

「その話を教えてくれたのは剛史さんです」

「もう、あの子ったら――」

「楽しい思い出です」

想像すると、光景が目に浮かんで、頬がゆるんだ。

そんな平和な時間が自分の家にも流れていたことを思い出し、寂しくなる。

「ちなみに、剛史さんは犯人ではないですよ」

さらりと言われ、目を見開いた。

「犯人は捕まりましたので、ご安心ください」

「本当に？」

思わず縋（すが）りつきたくなった。

「はい、本当です」

「信じていいのね？」

しつこいようだが、何度でも確かめたい。剛史の身が潔白かどうか。

「信じてください。剛史さんは強要されて、仲間になる振りをしただけです」

「振り？」

「そう、剛史さんは仲間になる振りをして情報を摑んで、警察に通報してくれたんです。おかげで犯人を逮捕することができました」

「嫌だ、あの子ったら。そんな危ない真似をしたの？」

下手をすれば共犯にされているところではないか。

「仲間にならなければ、次は母親の家に入ると脅されていたようです。独り住まいと承知して、揺さぶりをかけてきていたんですよ」

「わたしの家に――？」

怖くなって手が震えた。

「犯人はそういう奴なんです。十八年前のときと同じ。恐怖で人をコントロールするのに長けているんでしょう。でも、剛史さんはきちんと拒みましたから。人の畑を荒らしたら、捕まってパイにされるとわかっていたんですよ」

尚美は人を食ったような顔で付け加えた。

「さて、お腹が空いたところでパイを焼いてもらっていいですか。オーブン温めておきましたので」

4

侵入窃盗の犯人は剛史の高校時代の同級生だった。

兄の尚久の同級生でもある。

福田秀一郎という名の宅配ドライバーだ。

進学校へ入ったものの成績が振るわず、問題ばかり起こしていた少年だ。

二浪して私大に入ったが就職できず、卒業後は短期間の派遣やアルバイトをして食いつないでいる。

この春にスーパーマーケットで働く剛史を偶然見かけ、近づいた。昔の万引き事件をちらつかせつつ、ドライバーになってやるよと持ちかけて委託契約を結ぶよう迫った。十八年も経つのに、いまだに昔と同じ手を使っている。

秀一郎は、配達先の留守宅を狙い、侵入窃盗を働いていた。

尚美がこの前見かけたとき、ワゴン車に同乗していたのが秀一郎だ。剛史は店員として配達に同行し、車中で秀一郎と話し、次に狙う家の情報を得た。秀一郎からは顧客名簿を寄こせと迫られていたらしい。それに従わなければお前の母親を狙う。紀恵が日中留守にすることはあまりないことを承知で、もし家で鉢合わせしたら強盗になるかも、と脅していた。

実際、秀一郎は剛史を引き入れる目的で、わざわざ下見にも行ったようだ。スーパーマーケットの名の入ったワゴン車で剛史の実家を訪ね、チャイムを鳴らした。

応対した紀恵の動揺ぶりは想像がつく。十八年も経って、息子を虐めていた同級生が訪ねてきたのだから。しかも剛史の勤務先の車に乗っている。

そもそも、昔の傷害事件のきっかけを作ったのも秀一郎だ。今度は何をする気だと戦々恐々となったに違いない。

秀一郎は、剛史が小遣いをたくさん持っていることに目をつけ、馴れ馴れしく近づいてきた。遊び仲間にしてやると言ってお金を巻き上げ、小遣いが尽きると万引きして稼げと迫った。断ると暴力を振るい、従わせた。

一度、剛史は無理やり万引きさせられ、係員に捕まったことがある。そのときの一部始終を動画に撮られ、さらに脅されることになった。

後はもう、秀一郎の思うままだ。市議会議員の息子が万引きで補導されたと露見すれば、父親に迷惑をかける。家族思いの剛史はひたすら秀一郎に強請られていた。

それに尚久が気づき、そんな仲間とは手を切れと揉めて、あの事件が起こった。

正論が通じない相手はいる。

下手に間へ入れば、今度は尚久が秀一郎のターゲットにされる。剛史はそのことをよく承知していたから、敢えて尚久を突き放したのだ。父親だけではない。剛史は友人も守ろうとした。

が、高校生だった尚久は、剛史の友情を理解できなかった。

秀一郎に強請られ、それを断れずにいるのは弱腰だと正論を突きつけた。一方で脅され、一方からは諭され、間に挟まれた剛史が精神的に追い詰められていたことは、三十二になった尚美にはわかる。

剛史は優しい少年だったのだ。息子の補導現場の動画が拡散されれば、父を失職させることになる。といって、尚久を頼れば二人もろとも秀一郎の餌食になる。にっちもさっちもいかず、剛史は破れかぶれになっていたのだ。

紀恵の気持ちも今はわかる。

息子が先に手を出したことを言わなかったのではなく、言えなかったのだろう。世間の目は無責任で冷たい。たとえ濡れ衣でも、面白ければ周囲に吹聴する。その結果、誰かが仕事を失い、傷つく羽目になっても気にしない。むしろ、それも面白いコンテンツとして消費される。そういう世の中に誰もが生きている。

尚美自身、加害少年の身内となって経験したから知っている。だからこそ、救いたい。事件が起きる前に。

「どうです？　お父さんの味がしますか？」

尚美が言うと、紀恵は途端に渋い顔をした。

「よしてちょうだい。食べられなくなるでしょう」

「いつも剛史さんがそう言って、わたしをからかっていたんですけどね」

剛史と付き合いはじめたのは中学二年生のときだった。

ほんの淡い交際だ。尚久と一緒に剛史の家で勉強したり、その逆に彼がうちへ来て宿題を見てくれたり、そんな付き合いをしていた。

一度だけ、二人きりでデートしたことがある。

図書館に行った帰りに喫茶店に入り、パイを食べた。脂っぽくて甘ったるいだけでまずく、思わず顔を見合わせて笑ってしまった。

ピーターのお父さんがパイにされた話はそのときに聞いたのだ。

――知ってるかい?

初耳だった尚美は仰天し、ぽろりとフォークを落とした。その反応が気に入ったのか、以降、剛史は紀恵がミートパイを出してくるたび、お父さんの味がするだろうと、尚美をからかった。

あの頃の自分にもし会えたら、こう言いたい。

大丈夫。

いろいろあったけど、頑張ってやっている、と。

十八年前。

尚久の保護観察処分が決まった後、尚美は家庭裁判所に行った。

当時判事だった謙吉の執務室に通してもらい、コーヒー牛乳をご馳走になった。

机の上には書類の束がどっさり載っていて、中学生だった尚美の目にも忙しさのほどが窺えた。

がちがちに緊張していたせいで、何を話していたか、あまりよく憶えていない。たぶん、すぐ引き上げたはずだ。

帰り際にコーヒー牛乳を持たせてもらった。

紙パック入りのもので、結局飲まずに執務室を出ていく際に手渡された。尚美を見下ろす謙吉の目は穏やかで、少し充血していた。寝不足が続いているのだと言っていた。

裁判所の入り口まで送ってもらい、最後に握手をした。

「また来ていいですか」

尚美が訊ねると、謙吉は困った顔をした。

「できたら来ないほうがいいな。まあ、将来仕事で来るなら別だがね」

そのとき謙吉は言った。

判事の仕事には誇りを持っているが、加害少年と出会うたびに思う。もっと早く、彼や彼女が犯罪に踏み出す前に手を差し伸べてやれば、こんなふうに裁判所で会うこともないのに、と。

手に持ったコーヒー牛乳を見て、尚美は思った。ドント・クライ・オーバー・スピルト・ミルク。

ちょうど英語の授業で習ったところだった。牛乳がこぼれてしまった後では遅い。

来ないほうがいいというのは、そういうことかもしれない。判事が助けられるのは罪を犯した少年。本来、罪を犯す前に助けが必要なのだ。そうすれば裁判所に来なくて済む。

パイの焼ける甘いにおいがしてきた。

紀恵は「久し振りだから、失敗しちゃうかもしれない」と気弱なことを言っていたが、腕は作り方を憶えていたようだ。

にんじんを丸ごと一本、すり下ろして入れたミートパイは、砂糖とバターが控えめでもほんのり甘かった。この味だ。刺激が薄くて、ちょっぴりぼやけた薄甘いパイ。いかにも素人の手作りという感じで、そこが温かくていい。

「おいしい」

一口食べてつぶやくと、紀恵が物言いたげに目を上げた。

「あら、そんなにおいしくないじゃない」

身も蓋もないことを言う。

「あなただって、そう思ってるでしょう。いいのよ、自分でもわかってるから。にんじんの量が多過ぎるのよ。これは剛史ににんじんを食べさせるためのもので、味は二の次なの」

「おいしいですよ」

「無理にお世辞を言ってくれなくても結構よ。先生だって、ちっとも進んでないじゃない。ねえ？」

「いや、おいしくいただいておりますよ」

そんなことを話しているところへ、ヨリ子が店に入ってきた。ピリカを抱っこしている。尚美が紀恵と話をしている間、邪魔しないよう散歩に出ていたのだ。挨拶だけしてカウンターの奥へ引っ込み、店を開く準備をしている。

ヨリ子も過去に罪を犯した人だ。謙吉が地方裁判所に赴任していた時代に加害者と判事として出会い、この店でアルバイトをしてもらっている。

事件を起こして一年半服役をしたことは、尚美も承知していた。それを機に家族から縁を切られたことも。

尚美はヨリ子の今の姿しか知らない。いつも穏やかで優しく、犯罪歴があるふうには見えないが、どんな人でも追い詰められれば自分を見失うことがある。

十八年振りに食べた紀恵のミートパイは懐かしい味がした。

事件が起こる前に戻って、事件を食い止められたらどんなにいいかと、いまだに思う。

でも、戻れないのだ。悔やみながら前へ進むしかない。

＊

尚久の行方が知れたのは、十二月中旬のことだった。

紀恵から話を聞いたと言って、昔の知り合いが〈喫茶ひまわり〉を訪ねてきて教えてくれたのだ。

その日は非番で、尚美は二階にいた。お客さんだとヨリ子に呼ばれ、店へ下りていくと、小さな女の子を連れた若い女性が待っていた。

足音を聞きつけ、こちらを振り返る。

訪ねてきたのは、剛史の妹の朱里だった。

「先日は母がお世話になりました」

会ったのは十八年振りだったが、すぐにわかった。朱里は公立中学校で生徒指導の副主任を務めており、その関係で尚久と再会したという。

少し早いクリスマスプレゼントをもらったみたいだった。

さらに、次の日、署へ出勤したら新潟から小包が届いていた。

以前、生活安全課へ交通費を借りにきた敦子がお餅を送ってくれたのだ。

——先日、初雪が降りました。よろしければ、〈ひまわり〉の皆様で召し上がってください。

魚沼産コシヒカリで搗いたお餅だった。

薄暗い空に白い雪が舞うところを思い浮かべる。敦子はお父さんと二人、実家で平穏に暮らしているようだ。

公務員の尚美は受け取れないから、そのまま謙吉に渡すことにする。

それにしてもお餅とは。まるで先日の達樹との無駄話を聞かれたみたいだ。

＊

キッチンに行くと、既に達樹が来ていた。

ボタンダウンのシャツの袖をめくり、エプロンをつけている。

「遅いですよ。もう準備を始めてますから、さっさと手を洗ってください」

「本当に来たの？」

「何ですか、その言い方。誘ったのは自分でしょう。そりゃ来ますよ」

「非番の日は試験勉強に充てるんじゃなかったの」

「今日はクリスマスですから特別です。心配してくださらなくても、帰ったらしますよ」

　ちょうど非番がクリスマスと重なるとあって、尚美は謙吉にビーフシチューの作り方を教わることにしていた。そのつもりで肉も買ってある。

　子どもの頃、クリスマスには家族でビーフシチューを食べるのが慣わしだった。普段は仕事が忙しくて料理を作る暇がないが、今年は挑戦してみようという気になった。その日は店を早めに閉めて、謙吉やヨリ子とホームパーティをすると話したら、どういうわけか達樹まで来るという。

　——ぼくの家ではローストビーフだったんです。

　と、母親仕込みのレシピを紹介すると参加を表明してきた。

　実家の話をして以来、達樹も自分のことを少しずつ口にするようになった。ローストビーフには、生の山葵(わさび)をたっぷり添えるのだとか。クリスマス料理にはどの家にも思い出のメニューがあるらしい。

「もしかして、今日のために何度か自宅で作ってみたの?」

家で下味をつけてきたという肉の塊をフライパンで熱している達樹に言うと、わかりやすく背中が跳ねた。

「まさか」

声が裏返っている。

「今日が初めてですよ。まあ、母親にレシピを教わりましたけどね。それだけです。ホームパーティのために、料理の予習なんてするわけがないでしょう。ぼくは昇任試験の勉強で忙しいんです」

「ふうん」

「疑ってるんですか？」

耳を赤くして言うことはない。意地っ張りめ。

「そういえば、親を切ると書いて〈親切〉なのは、一説によると刃物を肌に当てるくらい近くにいる、ということみたいよ」

思い出して言うと、達樹はこちらを振り向いた。

「意味がわからないです」

「刃物を間に挟んでも、平気で寄り添えるってことじゃない？」

「そんなことしたら切れますね」

「だから切れないよう、ぴたっとくっつくの。で、〈親〉は〈親しい人〉のこと。その二つの言葉を重ねて、すごく近しい人にするように手厚く尽くすこと、そういう振る舞いを親切と言うのね。誰かさんがちっとも調べてくれないから、自分で調べたわよ」

「それはどうもご親切に」

とぼけた顔で応じた達樹が、菜箸で肉を転がした。

良い焼き色がついて、香ばしいにおいが立つ。

熱が通ったら、フライパンから下ろして粗熱を取り、ラップで包んで冷やす。その間にソースを作り、肉と絡めて味を染み込ませるのだそうだ。

口ではああ言ったが、達樹のことだ、きっと夜な夜な練習したのだろう。動きに無駄がない。残業を終えた後、試験勉強の合間を縫って料理までするのは容易なことではない。手間も時間もかかる。

切れそうなくらい近くにいる。

矛盾しているようでわかる。だからこそ、切れるときには痛い思いをする。そんなことを思っていると達樹が振り向き、不服そうな声を出した。

「見張っていなくても大丈夫です。ちゃんと作れますから」

人と人との関係は難しい。

近しい人とも縁が切れてしまうことがあるし、ふたたび近づくには手間も時間もかかる。

昨日、朱里から電話をもらった。

尚美と会うことを尚久は了承したという。まずはこちらの電話番号とメールアドレスを伝え、向こうから連絡をもらう手筈（てはず）となっている。

とはいえお互いに仕事が忙しく、こちらは休日が不定期なこともあり、再会がいつ実現するかわからない。それでもいい。ゆっくり待つのも楽しみのうちだ。

それにしても、謙吉は人が悪い。

尚久が二年間の研修を経て、家庭裁判所の調査官になったのは三年前だという。つまり裁判所の職員として採用されたのは五年前、まだ謙吉が判事だったときだ。面接には立ち会わなかったようだが、謙吉は尚久が採用試験を受けることを把握していた。というより、家庭裁判所の調査官になってはどうかと、謙吉が勧めたのだというから驚く。

それまでも、尚久は警察が委嘱した民間のボランティア団体に所属し、少年の非行防止の活動に携わっていたらしい。

尚美が知らなかっただけで、尚久のほうは謙吉を通じ、妹が警察官になって頑張っていることを承知しているという。

尚久は自分のせいで家族に迷惑をかけたことを、長いこと悔やんできた。両親や妹とは距離を置き、遠くから幸せを祈ると決めていたのだそうだ。謝ればきっと許してくれると思うからこそ、自らは近づくまいと決めていたのだとか。そういうところが兄らしい。

が、反省している間にもときは経つ。

この間、紀恵と会って感じた。会わないうちに、人は歳を取る。両親だっていつまでも若くない。大事な人とは、会えるうちに会っておかないと。そう思うようになった。

だからこそのビーフシチューだ。

思い出の味は今も胸を温める。

幸せだった日々のおなじみの料理を手に、こちらから歩み寄ってみようか。そんなことを思いながらキッチンに立ち、謙吉の教えを乞うのは楽しかった。

牛肉のにおいにつられ、ピリカがウロウロしている。

存外に料理が得意らしい達樹に茶々を入れられつつ、ヨリ子と一緒に肉を炒め、野菜と合わせて煮込んで、どうにか準備はととのった。あとはビーフシチューができあがるのを待つだけだ。尚美はピリカを抱いて窓際へ行き、外を眺めた。

約束の時間まであともう少し。

今日は剛史も来ることになっている。

この間、スーパーマーケットで牛肉を選んでもらうのを口実に、思いきって声をかけた。

紀恵と会い、久し振りにあのパイを作ってもらったと話したら、びっくりした顔をしていた。とはいえ、剛史のほうでも、買い物に来た尚美に気づいていたらしい。紀恵からも電話が来て話をしたそうだ。年末は書き入れ時だが、一日休みを取って実家に帰るという。

もし時間が許せば、そのついでにホームパーティに二人で顔を出してくれないか。パイのお礼にご馳走したいと言ったら承諾してくれたものの、本当に来てくれるかどうか半信半疑だった。そわそわと外を気にしていたら――。

来た。

紀恵と連れ立ち、剛史がこちらへ歩いてくる。

出迎えようと立ち上がったとき、手許に置いておいたスマートフォンが鳴った。

見ると、知らない番号が表示されている。尚美は一呼吸置き、電話に出た。

――本書のプロフィール――

本書は、小学館文庫のために書き下ろされた作品です。

小学館文庫

生活安全課防犯係　喫茶ひまわり

著者　伊多波　碧

二〇二四年十月九日　初版第一刷発行

発行人　庄野　樹

発行所　株式会社　小学館
〒一〇一-八〇〇一
東京都千代田区一ツ橋二-三-一
電話　編集〇三-三二三〇-五九五九
　　　販売〇三-五二八一-三五五五
印刷所-TOPPANクロレ株式会社

この文庫の詳しい内容はインターネットで24時間ご覧になれます。
小学館公式ホームページ　https://www.shogakukan.co.jp

ISBN978-4-09-407396-6